作　エンマ・カーリンスドッテル

絵　ハンナ・グスタヴソン

訳　中村冬美

静山社

すべてのリスベットとサンバの王さまへ

もくじ

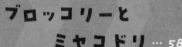

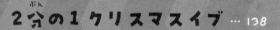

国際自転車レース

おばあちゃんはその日、さんざんな目にあった——
まあ、いつものことだけど。

　夏ははじまったばかりで、6月の太陽のやわらかな
光がキッチンを照らし、半開きのまどからは冒険とライ
ラックの香りが流れこんできている。

　わたしはテーブルについて、朝ごはんのオートミールを食べた。
そばでは海賊ネコのシクステンがソファにねころがって、背もたれ
に木でできた義足をパンパンぶつけている。おばあちゃんはテーブ
ルの下で、どんぶりいっぱいのラズベリーグミをスプーンで口にはこんでいた。これがおばあちゃんの朝ごはんだ。

「リスベット、こけももジャムをとっておくれ」

　おばあちゃんがラズベリーグミを食べながら言う。

「はーい」

　わたしはジャムのびんを、テーブルの下にさし入
れた。

　すぐにおばあちゃんがこけももジャムをすする、いつも
の音が聞こえてくる。ズルズルズル。おばあちゃんはこけももス

トローにつまらないように、特別太いストローでのむ。

　わたしのおばあちゃんはサンバキングだ。頭にはいつもかんむり
がのっている。サンバっていうのは、ブラジルのカーニバルでおど
るダンスなんだって。わたしの名前はリスベット、きちんとしてい
るのが好きな、ふつうの女の子。着ているのはお日さまみたいな黄
色のくつしたと、ふわふわのスウェットだ。

　おばあちゃんが"サンバの王さま"って、けっこうすごいことだと
思うんだけど、みんなあんまり知らないみたい。でももっとすごい
のは、おばあちゃんが以前はひみつのスパイをやっていたってこと。

　ちょっと変わっていて、おもしろくて、特別なことがぜんぶ好き
な人、それがおばあちゃんだ。

　　　　　　　はと時計のはとが巣から顔を出して鳴いている。

　　　　　　　クックー、クックー、クックー、
　　　　　　　クックー、クックー、クックー、
　　　　　　　クックー、クックー、クックー

って。今は朝の9時。

　「まったく！　月曜日ほどたいくつなものは
ないね。みんな仕事に行っちまうんだから」

　「おばあちゃんとわたしはどこにも行かないじ
ゃない。わたしたちにとっては月曜日も土曜日と同じでしょ？　べ
つにちがいはないよね」

　「いいや、月曜日はずっとひどいよ。月曜日って聞くと、学校や仕
事の日を思い出すからね。いやな気分になっちまう。だれでもずっ
とひまで、好きなことをやっていられたらいいのにさ」

　「でも学校や仕事に行きたい人もいるんじゃない？」

わたしが言い返すと、おばあちゃんも負けずに言いはる。

「ふん、そんな人がいるもんか。仕事に行きたい人なんかいるわけないよ。ひみつのスパイのほかはね。この世にスパイほどゆかいな仕事はないんだから」

「でも……」

「はい、流れ星キラキラ飛んでった！」

　おばあちゃんがそう言って、話し合いはこれでおしまい。だれかが「はい、流れ星キラキラ飛んでった！」って言ったら、もうそれ以上なにも言っちゃいけないことになっている。

　わたしにとっては、月曜日もほかの日もいっしょ。朝、目がさめる時には、これからなにをするかなんて決めてないんだから。ほとんどいつも、起きたらまず朝ごはんを食べて、それからニセモノの南極大陸へ冒険旅行にでかけるか、近くの小川へ砂金やガラスのかけらを探しに走っていく。ときどきおばあちゃんは、あたらしく取りよせたスパイグッズの説明書を一生けんめい読むために自分のテントにこもっちゃうけど、そんな時、わたしは自分の部屋にねころがって、絵をかいている。だって、絵をかくってなにより楽しいことだもんね。このまえは、ダンスをするサケ、スポンジケーキの雲からふるメレンゲ、くすくす笑いながら木にのぼっているクッキーをかいた。

　わたしの絵のなかでは、みんな幸せだ。

「さあ、つべこべ言うのはおやめ」

　おばあちゃんはそう言うと、こけももジャムをのむのをやめた。

「今日はふつうの月曜日じゃないんだよ。国際自転車レースの日な

んだから！」

「え、なにそれ？」

　そんなもの、はじめて聞いた。

「今日はふつうの月曜日かと思ったけど、ちがったよ。世界じゅうの
どこもお休みで、みんな自転車レースをしているのさ。変わっていて、
おもしろくて特別なことだろう？」

「でもほんとうに、そんなお休みの日があるの？」

「べつに、どうしても休まなくちゃいけないわけじゃないよ」

　おばあちゃんが、ちらっとひざを見る。おばあちゃんがうそをつく
時のくせだ。

　わたしは立ち上がってお皿をシンクの上においた。おばあちゃんが
大声でこう言ったからだ。

「そうかい、リスベット！　自転車レースをしたいんだね？　なんて
いいアイデア！　みんな、あたしが言いだしたって思うだろうよ」

　いつだってこう。おばあちゃんの耳は『自分耳』で、自分が聞きた
いことしか聞かないんだから。わたしの耳は『みんな耳』で、みんな
が言うことばかり聞こえてきちゃう。

「自転車レースってどうやるの？」

「なんだって？　おまえは自転車レースに出たことがないのかい？」

　わたしは首を横にふった。

「やれやれ！　どうしてこうなっちまったんだろうね？　おまえのそ
ばにいるのがあたしでよかったよ。あたしは自転車レースのプロなの
さ。世界一なんだから！　あたしがあんたに教えてあげる」

　おばあちゃんはどんなことでも、世界一だ。レースで勝った時にも
らった賞状や、大きくてすてきな金のトロフィーが家のあちこちにか

ざってある。1991年におこなわれた、チェスの地方大会でもらった賞状もあれば、『スパイめがねをかけてみたら』という詩で、詩の大会に出た時のトロフィーもある。さらにおばあちゃんは、うさぎとびの世界大会で２年つづけて１位になったし、香港でおこなわれたハンバーガー大食い大会で優勝したこともあるんだって。

　家に来た人にもどれだけおばあちゃんがすごい人なのかわかるように、げんかんの外にまでたくさんの賞状がはってある。

　わたしがこれまでにもらった賞は、ひとつだけ。プールで25メートルの平泳ぎができた時にもらった、銀の魚のバッジだ。おばあちゃんはすごいことだと言って、つやつやの布でできた写真たてにとめて、おふろのかべにかけてくれた。そのバッジはとても小さいので、そばに虫めがねをぶら下げてある。そうすれば、おふろに入るたびに見ることができるもんね。

「いいかい、世界でいちばんすてきなものは、たいていなんでも小さいんだよ。子どもとかダイヤモンドとかね」

　おばあちゃんはよくそう言って、ウインクをする。

　おばあちゃんがボウルに山もりのラズベリーグミを食べおわると、ふたりで庭へかけだした。外はほんとうにいい気持ち！　トチノキは花でいっぱいで、芝生は緑色のじゅうたんみたい。太陽の光がほっぺたをくすぐり、わたしはとても幸せな気分だった。

「完ぺきな自転車びよりだね。レースには最高だ」

　おばあちゃんがニコッと笑う。

　わたしはお気に入りの、ヒョウ柄のくつをはいてきた。いちばん

いい、いちばんはやく走れるくつ。おばあちゃんと競争をすると、なかなか勝てないから、お気にいりのくつをはかなくちゃ。

　おばあちゃんは自転車置き場までダッシュすると、自転車を2台引っぱり出した。わたしもいそいであとを追って、ガラクタや古い新聞紙をかきわけて、自分のヘルメットをさがし出した。ちょうどわたしがヘルメットをかぶって、バックルをカチッととめようとした瞬間、おばあちゃんが大声で言った。

「ストップ！」

　わたしはピタッと動きをとめる。

「それをいったいどうするつもりだい？」

　おばあちゃんはわたしのヘルメットを指さした。

「自転車に乗る時は、ヘルメットをかぶらないといけないでしょ」

　わたしがそう言うと、

「そんなおかしな話、聞いたこともないよ。リスベット、おまえは頭で自転車に乗るんじゃないだろう？」と、おばあちゃんが言い返す。

「でもころんだらどうするの？」

「あたしだったらころぼうなんて、思わないね。おまえはころぼうと思っているのかい？」

「ううん、そうは思わないけど……」

「じゃあ、これでいいね」

　ぽ——いっ！

おばあちゃんはライラックのしげみにむかって、わたしのヘルメットをなげすててしまった。

　わたしは、ヘルメットなしで自転車に乗ることを想像して、ゾッとしたけど、おばあちゃんはニヤッと笑う。

　つぎに、おばあちゃんはシクステンを連れてきて、「みんないっしょじゃなくちゃね」と大声で言うと、自転車のかごにのせた。

「ミィィィィィ！」

　シクステンが鳴き声をあげて、前足で宙をかく。

「行きたくないって言ってるよ」

　おばあちゃんは、また自分耳がひらいているのか「もちろん行きたいとも。海賊ネコは冒険が大好きなんだから」と言って、こわがっているシクステンの目を、うれしそうにのぞきこんだ。シクステンは、なんとかにげようとしていた。

「そうなんだ」

　わたしがほかになんて言ったらいいかわからずにいると、シクステンはあきらめたように、かごのなかでおとなしく丸くなった。ひげ一本動かさずにね。

　おばあちゃんの自転車は、赤いイナズマという名前。わたしのは犬のシールがはってある緑色の自転車で、ちびチャーリーという名前だ。

「さて、じゃあ自転車レースをはじめようか。とってもすばらしくて特別なイベントだよ。みんなで門まで自転車を走らせて、ポストのふたをガチャガチャさせる。そして『すべての栄光をサンバの王さまにささげよ！』って大声で言って、スタート地点にもどるんだ。はやくもどってきたほうが勝ちさ」

「どうして『すべての栄光をサンバの王さまにささげよ！』ってさけ

ぶの？」

「そんなにいろいろ聞くんじゃないよ、リスベット。あたしは王さまだよ。あたしがそう決めたら、そうなのさ。さあ、はじめるよ！」

　おばあちゃんは赤いイナズマに飛びのり、わたしはちびチャーリーにまたがった。

「1、2、3でスタートだよ」

　おばあちゃんはそう言って、ちらっと自分のひざを見た。

　わたしは大きく息をすいこむ。

　おばあちゃんが「1！」とさけび、スタートした。いつだって、ズルをするんだから。

　わたしもすぐに「2、3！」と言って、あとを追いかけた。

　芝生の上は、自転車に乗るにはでこぼこすぎる。しかもこのあいだの松ぼっくり合戦でちらかしたままだ。

　わたしは門の下のほうにあるポストを目指し、一生けんめいにこいだ。わたしとちびチャーリーがヒョウのように庭をかけぬけると、心臓がボールみたいに、ボンボンはねた。

　ずっと前のほうに見えるおばあちゃんの頭のかんむりが、太陽の光をあびて、キラキラらしている。かんむりは頭から落ちないように、くつひもでしっかり結んである。

　わたしが勝つチャンスなんて、ぜんぜんなさそう。

でも、少なくともおばあちゃんみたいにズルは
していないもんね。

「すべての栄光をサンバの王さまにささげよ！」

おばあちゃんはそうさけぶと、ほこらしげに
ポストのふたをガチャガチャさせた。

おばあちゃんはバタンとポストをしめると、家
のほうへともどってきた。わたしは精一杯のはやさ
でペダルをふみ、やっと門に近づいた。ところがその時、
タイヤがなにか、かたいものにぶつかった。

自転車がガツン！　と止まる。

わたしはちびチャーリーからなげだされ、空中で一回転した。な
にもかもが信じられないほどゆっくりに感じて、空、門、そして地
面の石ころが見えた。そのなかでも特別大きな灰色の石が、どんど
ん近づいてくる。

どんどん……

どんどん……

どんどん……

ガン！

頭をぶつけたのに声も出せなくなって、突然まわりがぜんぶ、
まっくらになった。

昼間の星。

「リスベット！　リスベット！　ああ、どうしよう！」

　おばあちゃんがさけんでいた。

　おばあちゃんの声は聞こえるのに、すがたは見えない。わたしは上をむいてねころがっていて、一瞬青い空が見えた。目をつぶると、まぶたの裏にピカピカと星が見えて、頭がズキズキガンガンする。いたくて、思わずぎゅっと歯をかみしめた。

　ラズベリーグミのにおいがしたかと思うと、すぐそばに、おばあちゃんがいた。

「リスベット、ああ、かわいそうに。生きているかい？」

　おばあちゃんがわたしのかみの毛をなで、鼻をくすんとならす。「生き返っておくれ、リスベット。あたしゃまだおまえに、うそをつくこともズルをすることも教えてないんだから。まだまだいっしょにできる、楽しいことがたくさんあるだろう？」

　わたしはそうっとかた目をあけた。おばあちゃんのかんむりはずれ落ち、目になみだがあふれていた。シクステンがそばで心配そうに、地面をパタンパタンと義足でたたいている。わたしはまだ、おばあちゃんに怒っていたので、必要以上に長く目をつぶっていた。だって、ヘルメットなしでわたしを自転車に乗らせたのは、おばあちゃんだも

んね。わたしの歯はガクガクふるえ、頭はガンガンしたままだ。

「おまえがもう一度起きてくれたら、今日は一日ズルをしないって約束するよ、リスベット」

　泣いているおばあちゃんをちらっと確認して、わたしは両目をちゃんと開けた。

「今週ずっと。約束できる？」

　わたしが言うと、おばあちゃんが答えた。

「うん、約束するよ。あたしの名前がドーラ・オリベッティっていうのと同じくらい、ほんとのことさ」

「それならいいよ」

　おばあちゃんがわたしをだき起こした瞬間、頭のなかにイナズマが走り、なみだが流れてきた。

　おばあちゃんはわたしを自転車の荷台に乗せると、お医者さんのホルムベリー先生のところに連れていってくれた。病院の前に着いた時、わたしはおばあちゃんの名前がドーラ・オリベッティなんかじゃないってことを思い出した。それはおばあちゃんがスパイをしていた時の、うその名前のひとつだ。

　お医者さんのアスクレピア・ホルムベリー先生は、わたしの頭に薬をぬってほうたいをまくと、キラキラしている犬のシールを1まいくれた。あとでちびチャーリーにはろうっと。

「ところで、今回はなにがあったの？」

　ホルムベリー先生が言った。

わたしたちは、よくここに来ている。今日の国際自転車レースについて説明すると、ホルムベリー先生は、ふんふんとうなずきながら聞いてくれた。

「頭で自転車に乗ったりしないから、ヘルメットなんていらないって先生も思う？」

「自転車は頭で乗らないのはほんとうだね。でも人はなにをする時にも、頭で考えながらするんだよ。だから自転車に乗る時にはヘルメットをかぶったほうがいいの」

　ホルムベリー先生がわたしの目をのぞきこんだ。

　おばあちゃんがなにか言いかけたけど、ホルムベリー先生はかた手をあげて、それをとめた。

「自転車に乗る時にヘルメットは必要ないと言う人もいますが、ちゃんと考える人なら、頭は守ったほうがいいと思いますよ」

「ふんだ」とおばあちゃんがすねる。

「うんうん」

　わたしも、先生に賛成した。

「本物のさんぞくみたいじゃないか」

　ほうたいをぐるぐるにまかれたわたしの頭を見て、おばあちゃんがうらやましそうに言う。

「ほうたいに絵をかいてもいい？」

　わたしが聞くと、先生はもちろん！　とうなずいた。

　家に帰るとちゅう、おばあちゃんの自転車用ヘルメットを買うために、スポーツ用品店によった。でもほんとうはおばあちゃんは、スケートボードかローラースケートか、それかボクシンググローブがほ

しかったみたい。

　わたしはずっとおばあちゃんに、買うのは自転車用ヘルメットだよと言いつづけていた。

「おばあちゃんが頭を打って、大好きな冒険の話をわすれちゃったらこまるでしょ？」

　おばあちゃんはしぶしぶ納得してくれた。おばあちゃんがなにより得意なのは、冒険談をじょうずに話して聞かせることだもんね。

　おばあちゃんはヘルメットのお金をはらうと、トイレを借りに、となりのカフェに行った。ヘルメットを買うのに、あまりにもきんちょうしてしまって、おしっこががまんできなくなったんだって。

　わたしが外で待っていると、ちょっとはなれたところで、モンスターの絵のついたTシャツを着た女の子が、ゴムボールを地面にたたきつけてあそんでいた。ボールがはねかえると、かた手でキャッチして、そのあと、もう一度たたきつけている。

　女の子もだれかを待っているみたい。そしてわたしを見ると、ボールを手に持ったまま話しかけてきた。

「こんにちは、リスベット」

　わたしはちょっとびっくりした。この子に会ったことなんてあったっけ？

「どうしてわたしの名前、知ってるの？」

「あたしたち、ピアー小学校で同じクラスに入る

んだもの」

　その女の子が言った。

「え？　わたし、学校なんて行かないよ」

「行くことになっているよ。８月からね。お手紙をもらってないの？」

「なんの手紙？」

「あたしたちの先生からの手紙。同じクラスの子たちの顔写真のついた名ぼとポストカードが入っていたの。だからあたし、あなたのこと知ってるんだ。それにあなたのおばあちゃん、有名だもの。あのおばあちゃんといっしょに住んでるんでしょ。あなたのおばあちゃん、おもしろい人だよね」

　わたしはこまってしまって、変な気持ちになった。

　学校がはじまる？

　そんなこと、ひとことも聞いていない。そんな手紙をもらっていたら、おばあちゃんがわたしに言うはずなのに。

　わたしは女の子をながめた。かみの毛は黒くて短くて、うでにはポニーのシールをはっている。

「あなたの名前はなんていうの？」

「あたしはハーニン。ところでなんで頭にほうたいをまいてるの？」

　そう言うと、ハーニンはくいっとわたしの頭をあごでさした。

「自転車に乗っていて、ころんじゃって」

「ヘルメットをかぶっていなかったの？」

「おばあちゃんが、しないほうがいいって言ったの。自転車は頭で乗るんじゃないからって。それに今日は、国際自転車レースの日なんだって」

「え？　それなあに？」

ハーニンはふしぎそうな顔をしていた。

　そこで、ぜんぶ話して聞かせた。おばあちゃんとわたしの、自転車レースのこと、「すべての栄光をサンバの王さまにささげよ！」ってさけぶこと、そして石にぶつかったこと。

「バーン！」

　わたしは大きな声で言うと、一回手をたたいた。

　ハーニンはうなずくと、感心したようにわたしを見て、昼間なのに星が見えた時のことをもっと聞きたがった。

　その時、ひとりの男の人がカフェから出てきて、こちらへやってきた。背が高くてやせた人で、鼻の下に少しひげがはえている。ハーニンが、自分のパパだと教えてくれた。手には菓子パンのふくろを持っている。

「うちでは毎週木曜日に、ピスタチオの菓子パンを食べるんだよ。今日は月曜日だけど、パパのたんじょう日だから、家族みんなで食べてお祝いするの。家族のたんじょう日は特別だから」とハーニンが言った。

「たんじょう日おめでとうございます」ってわたしが言うと、ハーニンのパパが、「ありがとう」とにっこりした。

　瞳がキラキラした、やさしそうなパパ。

　いいなあ。わたしだって、毎週木曜日にピスタチオの菓子パンが食

べたい！　どんな味がするのかはわからないけど、きっとすごくおいしいに決まってる。

　ハーニンのパパが、もう行かなくちゃと言った。ママが待っているんだって。

「8月に学校で会おうね、リスベット」

　ハーニンが手をふった。

　それはどうかわからないんだけど、とわたしが言いかけた時、おばあちゃんがふんふんと鼻歌をうたいながらもどってきた。

「おばあちゃん、この子はハーニン……」

　わたしはそう言って、ハーニンのほうをふりかえった。

　でももうハーニンは行ってしまっていて、わたしがかわりに指さしたのは、街灯だった。

「おやリスベット、おまえ、街灯に名前をつけていたのかい。おもしろいじゃないか。あっちの街灯はなんていうんだい？」

　おばあちゃんは、またべつの街灯を指さした。

　わたしはなんだか、説明するのがめんどうになった。ちょっと頭がいたかったせいかもしれないし、学校のことでこんがらがっていたせいかもしれない。

「その街灯は、グンナルっていうの」

　おばあちゃんにそう言って、そして自転車にふたり乗りをして、家に帰った。

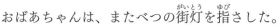

ゆかいなほら話

　家に帰ってくると、ちょっと気分がよくなった。ライラックのしげみから、さっきおばあちゃんがなげすてたヘルメットをひろいあげると、わたしがヘルメットをかぶってもぜったいに文句を言わないって、おばあちゃんに約束してもらった。

　わたしはおふろ場のかがみの前に立つと、ほうたいの上に、自転車に乗っている、緑色のうさぎをかいた。どの子もヘルメットをかぶっていて、とってもはやく自転車をこいでいる。うさぎのうしろに、茶色で2本の線もかき入れた。そうすると、スピードが出ているように見えるもんね。

「なんだかみんなで、長い2本のうんちをしているみたいだね」

　おばあちゃんが通りすがりに、ひひっと笑う。

「そんなんじゃないもん！」

　でもおばあちゃんがおふろ場を出ていったあとにかがみを見ると、おばあちゃんの言うとおり、ほうたいにかいたうさぎたちが長いうんちをしているように見えた。

　わたしはすぐに、キラキラペンで、2本の線の上にぬりかさねた。

「いひひ、今度はうさぎたちが、キラキラ光るうんちをしているってわけだ」

おばあちゃんはまたおふろ場をのぞいて言った。おばあちゃんを
言いまかすなんてとてもむり、お手あげだ。キラキラ光るうんちを
しているうさぎがかかれたほうたいを、まいているしか
なさそう。

　わたしはもっとなにかかきたかったけど、ほう
たいはもううさぎでいっぱい。だから、あたらし
い自転車用ヘルメットをかぶっているおばあちゃ
んに聞いた。

「おばあちゃんのヘルメットにかんむりをか
いてあげようか？」

　おばあちゃんが、うれしそうな顔になっ
た。

「ぜひかいておくれ。それがないと、だれもあたしが王さまだって、
わからないもんね」

　そりゃあそうだ。ひとめ見ただけで、おばあちゃんが王さまだと
わかる人は、そんなにいないと思う。こんなはでな色のTシャツをき
て、古ぼけたズボンにカウボーイブーツをはいている王さまなんて、
童話のなかにも出てこない。

「マントもはおればいいんじゃない？　おばあちゃんが王さまだって、
みんなにもわかるように」

「マントはすばらしいアイデアだね。あたしはなにかを思いつくの
が得意なんだよ」

「でも、それ思いついたの、わたしだよ」

　自分耳しか持っていないおばあちゃんは、わたしの話なんて聞い
ていない。

おばあちゃんは地下室に走っていくと、ガラクタのなかから王さまマントを引っぱり出した。

「あたしがこれを見つけたのは、フランスのとあるお城だった。ガラスのショーケースのなかにあったんだよ。あたしが手に入れるまではね。ほんとお宝の持ちぐされだったね。こういうものはちゃんと王さまが、肩にかけていなくっちゃ」

　おばあちゃんはそう言って、マントをパタパタとはためかせながら、家のなかを歩き回った。

　その夜、わたしはおばあちゃんといっしょに外でねた。いつも、おばあちゃんとシクステンは、庭にテントをはって、そこでねている。おばあちゃんにとっては、家のなかでベッドにねるなんて、あたりまえすぎてつまらないみたい。

　何年か前、おばあちゃんは冒険でいっぱいのひみつのスパイぐらしがすごくなつかしくなって、そこにテントを置いた。さむくなったら、テントのなかでストーブをたく。雨がふるとテントのなかまでびしょぬれになるけど、そんなのおばあちゃんにとってはたいしたことじゃないんだって。ぬれてしまった小道具は、古いクリスマスソングをうたいながら、ドライヤーでかわかせば問題なし。

「冒険に出かけることほどすてきなことはないよ、リスベット。仕事がおわったら、森のなかでキャンプをするんだよ。テントをはって、たき火をして、いろいろな冒険の話を語り合うのさ。相手よりも、なんとかすごい話をしようとするんだよ」

　おばあちゃんはそう言って、夢を見ているような目をする。

　おばあちゃんは、まきの上に古いくつしたや、つやつやしたチラシをつみ重ねて、テントの前でたき火をした。まきがパチパチと音をたてている。

　しずかなこん色の空がわたしたちの上に広がり、あちらこちらで、小さな白い星たちが光っている。わたしはシクステンをだっこして、ねぶくろにもぐりこんだ。シクステンが鼻を顔におしつけてきて、わたしはちょっとぴくっとした。頭はあいかわらずズキズキしている。

　ふと、ハーニンが言っていた学校のことを思い出した。

「ねえ、おばあちゃん、最近わたしに手紙がこなかった？　たとえば学校からとか」

「なんのことだい？」

　おばあちゃんはそう答えると、かみの毛のなかからラズベリーグミをひとつつまみ出して、いじくりはじめた。

「べつにたいしたことじゃないんだけど。わたしもいつか学校に行くのかなって思ったの」

「いいや！　そんな手紙がきていたら、わすれるはずないだろ」

　おばあちゃんはそう言って、ちらっと自分のひざを見た。

「もう学校のことなんか考えるのはやめて、そのかわりにもっと楽しい話をしようじゃないか」

　おばあちゃんが言いだした。そこでおたがいに、おかしなほら話

をすることになった。そうすると、毎日のように冒険をしていた若い
ころを思い出すんだって。

「おまえからだよ、リスベット」

　わたしは自転車でころんだ時にどんな感じだったのかを、話した。

「おまえの話には、車どうしの追いかけっことかヘリコプターとか、
すごいケンカとかが出てこないのかい？　そういうのがほんとうのほ
ら話っていうんだよ」と、おばあちゃんは大あくび。

「たぶん、そういう話もできると思う」

　わたしは答えた。

　おばあちゃんは木のくつをひっくり返してまくらにすると、王さま
のマントを毛布がわりに広げた。わたしが夢の世界へと運ばれていく
あいだ、おばあちゃんは自分がズルをして勝った、いろいろな自転車
レースの話をしてくれた。とくにすごかったのは、ランスという人に
勝った時のレースなんだって。

「あいつもズルをしたんだけどね、あたしのズルのほうが上だったの
さ！」

　ちょうどおばあちゃんが、いちばんおかしな自転車レースの話をし
ようとしたところで、わたしはすっかりねむりこんでしまった。

手紙

「おまえに手紙がとどいたよ！　すぐにこっちへ来て
あけてごらん。あたしゃ待ちきれないよ」

　おばあちゃんの大声がキッチンから、聞こえた。

　おなかのなかが、ぞわぞわする。学校からの手紙だったら
どうしよう！　ハーニンと同じクラスで、8月から学校へ行くという
手紙かな？　先生がわたしのことを、わすれていただけだったのかも？
楽しみだけど、なんだか心配。

　わたしはロケットのように部屋を飛びだして、おおいそぎでかけ
つけた。

「あんたは足がおそいねえ」

　わたしがキッチンに飛びこむと、おばあちゃんが言った。

　おばあちゃんの足もとには、上のほうがやぶかれたふうとうが落
ちている。

「ひどくつまらない手紙に、ひどくつまらないプレゼントがついて
きたよ」

　おばあちゃんは、ぶつぶつと言うと、わたしのほうになにかをほ
うった。

それは、ママとパパからのプレゼ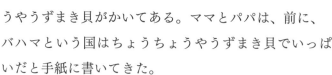ントで、あたらしいスケッチブックだった。表紙いっぱいに、ちょうちょうやうずまき貝がかいてある。ママとパパは、前に、バハマという国はちょうちょうやうずまき貝でいっぱいだと手紙に書いてきた。

「どうしてラズベリーグミをおくってこないんだろうね？　100キロのアイスクリームとか、あたらしいスパイめがねとか、なにか使えるものをさ」

　わたしのママとパパは変な人たちだ。ときどきおばあちゃんに電話をかけてくるんだけど、わたしと話す時間はないみたい。何回かわたしが電話に出たけど、自分たちのことばかり話す。一度、わたしがゆかいな魚をかいた話をしようとしたら、パパはわたしの話をさえぎって、こう言った。

「それはまたべつの時に聞こう」

　わたしはおなかのなかに、なにか大きなかたまりを入れられたような気持ちになった。なんだかつめたい石のようなもの。その石の先っぽはするどくとがっていて、ちくちくおなかのなかを傷つける。わたしは泣きながら、おばあちゃんのひざにのった。

「パパとママが、どうして自分のことばっかり話すのか、わかるかい？」

　ぜんぜんわからなくて、わたしは頭をふった。おなかに入ったつめたい石のせいでうまくしゃべることができない。

「あのふたりはこわがっているんだよ」

おばあちゃんはわたしをしっかりだきよせて言った。

「おまえとちゃんと話したら、おまえがだれよりもすばらしい、すてきな子だってわかってしまうだろう？　そうしたらおまえを手ばなしたことがどれほどの失敗だったか、思い知ることになる。この７年間が、無意味だったってことをね。人は自分がおばかさんだって思い知ったり、自分の人生に意味がないって思うのがいやなものなんだよ」

　おばあちゃんはわたしの背中をやさしくなで、さらに言った。

「ママとパパは、おまえのことを気にかけているよ。でもそれをみとめたくないのさ。だからなにも気にしていないふりをするし、自分たちのことしか話さないんだよ」

　おばあちゃんがそんなふうに言ってくれて、つめたい石の、先っぽがなくなったような気がした。そのあと、石もきえてなくなった。それからは、あんまりパパやママのことを考えないようにした。だってわたしには、おばあちゃんがいるんだから。

「ママとパパ、ときどき絵はがきとかプレゼントをおくってくるよね」

　わたしは、もらったばかりのスケッチブックを指さして言った。

「大人は、自分にやましい気持ちがある時には、そういうことをするんだよ。そういう大人のための祭日があるくらいさ。ほら、毎年お祝いしているだろ。クリスマスってやつさ」

　おばあちゃんは、ラズベリーグミを口にほうりこんだ。

　ママとパパは、８年間ずっと新婚旅行をしていた。わたしは最初の年に、アルゼンチンへとむかう船のなかで生まれた。ふたりは赤ちゃんの世話がどれほどたいへんかを知って、大あわてでおばあちゃんにこんな手紙を書いた。

『お母さんへ

　いそいでここに来て、赤ちゃんを連れていってください。赤ちゃんはこのままだとシャンパンのふたを口に入れてしまうか、カヌーのオールに頭をぶつけてしまうかもしれません。そうなったらどうしたらいいでしょう。たすけてください。ジミー』

　わたしが生まれたころ、おばあちゃんはひみつのスパイの仕事でイギリスの女王さまのお城にいて、石にささった一本の剣をぬこうとしていた。アーサーという人がぬく前のことだったんだって。

　「それはとてもうつくしい剣でね、エクスカリバーという名前がついていたのさ」

　ちょうどおばあちゃんがエクスカリバーを天にむかってかざし、太陽の光があたってキラリとした瞬間に、スパイ組織のメンバーが、パパとママの手紙を持って、走ってきた。

　おばあちゃんはエクスカリバーを持ったまま大いそぎで潜水艦に引き返し、わたしをむかえに行くために、大海原へと乗り出したんだって。おばあちゃんがママとパパが乗った船の近くに行くと、ふたりは、わたしをかごに入れて、船からつりおろした。

　「あんたたち、あたしにコーヒーも出さないのかい？」

　おばあちゃんはママとパパにむかってどなると、こぶしをふりあげた。でもママとパパは頭を横にふって、これからロマンティックな夕日を見にいくから時間がないし、それに船にはシャンパンしかないとさけび返した。おばあちゃんはかごからわたしをだきあげて、潜水艦の、安全な物入れに、そっとねかせたんだって。

それからは、ママとパパには会っていない。わたしたちは、全速力でスウェーデンへとむかい、この家でくらすようになった。おばあちゃんは、わたしの世話をするために、仕事をやめて年金をもらうことにした。

　ママとパパがわたしにおくってくれる絵はがきには、いつもどこでなにをしたかが書いてある。7年前にわたしをおばあちゃんにあずけたあと、ふたりはアメリカのフロリダでサメと泳ぎ、インドネシアのクラカタウ火山の上でチョコレートとバナナのバーベキューをし、アラブ首長国連邦にあるアブダビでパン用の小麦粉のお店をひらいたりしていた。何年かすると旅行をやめて、バハマのアパートに住んで、公園の管理人として働きだした。

　そしておばあちゃんにあてて、手紙をおくってきた。

『お母さんへ

　ここにリスベットを連れてこないでくださいね。バハマのくらしはとってもたいくつで、時間がほんとうにゆっくりとすぎていくのです。ぎゃくもどりしているみたいです。リスベットはたいくつしてねむりこんでしまって、二度と目をさまさないかもしれません。そうなったらこまりますよね。ジミー』

　ときどき、ママとパパはなにか特別なことをしたかったんじゃなくて、ただわたしがじゃまだったんじゃないかと思う。公園の管理人なんて、それほどおもしろい仕事じゃなさそうだもの。

　一度、ママとパパはわたしが生まれなかったほうがよかったと思っているのかなって、おばあちゃんに聞いたことがある。おばあちゃんは、世界でいちばんすばらしいものが生まれなかったほうがよかったなんて、思う人はいないよって言った。

「それは、虹なんかないほうがいいって言うようなものだよ。いや、ママとパパは人生でなにが大切なのかを、わすれているだけさ。なかにはその答えをさがして、世界じゅうを旅する人もいるし、公園の駐車場にとめたたくさんの車のあいだで、まいごになる人もいる。ママとパパにとっては、自分たちの目の前にあるものがいつもいちばん大切で、それをずっとくり返しているのさ。ものごとをむずかしくしてるんだよ」

　おばあちゃんは言った。

　ママとパパはわたしには会いたがらないくせに、わたしにいろいろなことができるようになってほしいと考えているみたい。体にいいものを食べるとか、お皿を洗うとか、本を読むとか。だからしょっちゅう、たくさんの動物やきれいな絵がのっているぶあつい本をおくってくる。

　前には『あなたの子どもに、お金について教えましょう』という本をおくってきた。その本は、お金のことや、どうやってお店でものを買うかについて、書かれていた。

　とてもたいくつだったけど、けっきょくぜんぶ読んでしまった。ページのあちこちに出てくる、ぶたのちょきん箱の絵がおもしろかったからだ。

　わたしは今朝とどいた手紙をおばあちゃんにさし出して、こう言った。

「おばあちゃん、読んで。ママとパパが手紙に書いてくる、いろいろな言いつけなんて見たくないもん」

　おばあちゃんはパラパラと目をとおした。

「なにかスイミングスクールの写真について、書いてあるね。そうだ、

去年の夏にスイミングスクールでとった、おまえの写真をおくったん
だった」

　おばあちゃんがつぶやいた。わたしが銀の魚のバッジをもらった時
のものだ。泳いだあとにＴシャツに着がえて、スイミングスクールの
子どもたちみんなと、さん橋にならんで写真をとった。でも、写真を
おくったのなんて、１年前のことなのに。

　おばあちゃんは、バハマでは手紙がとどくのに、時間がかかるんだ
ろうって言った。わたしは、ママとパパが、返事をわすれていただけ
だと思う。公園でばっきんをとるのにいそがしいんでしょ、きっと。

　おばあちゃんはテーブルの下にすわると、コホンとひとつせきばら
いをして、読みはじめた。

『かわいいリスベット

　スイミングスクールでとった写真をおくってく
れて、ありがとう。あたらしいめがねがよくにあ
いますね』

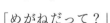

「めがねだって？」

　おばあちゃんはおどろいたように、目を見ひらいた。

「ほんとうにそう書いてあるの？　見まちがいじゃない？」

「あたしは見まちがいなんてしないよ」

「見せて」

　おばあちゃんがさしだした手紙を見ると、ほんとうに、そう書い
てある。

『あたらしいめがねがよくにあいますね』

「めがね？　わたし、めがねなんてかけてないよ」

　自分の声がふるえているのがわかった。

急に、のどになにかがつまったような感じがして、息ができなくなった。目のおくがあつくなって、手でさわってみると、目の下がびっしょりぬれている。

　おばあちゃんが、スイミングスクールでとった写真を持ってくるように言った。写真屋さんがなにか、ミスをしたのかもしれないからだ。スイミングスクールは、写真を2まいくれて、1まいはママとパパにおくり、もう1まいはれいぞうこにはってある。

　わたしはいそいで写真を持ってきた。おばあちゃんとわたしはテーブルの下でぴったりくっついて、写真をよく見てみた。

「おまえの横にいる子はめがねをかけているね」

「うん」

「でもおまえはめがねなんてかけていないね」

「かけたことないよ」

　この写真のわたしは、ゾウガメがかいてある青いＴシャツを着ている。ママとパパが、わたしのたんじょう日を思い出して、おくってくれたものだ。ふたりがよろこぶと思って、写真をとった時にこのＴシャツを着ていた。

　それなのに、わたしがわからなかったんだ。

　その時、テーブルがガタガタゆれはじめ、グルルルという声が聞こえてきた。大きなおそろしいクマがうなっているみたい。わたしはまわりを見まわした。それはおばあちゃんだった。

　おばあちゃんが低いうなり声を出していた。くちびるがふるえ、つばがまわりにとびちっている。

「あたしがあのふたりにガツンと言ってやる！」

　おばあちゃんがどなった。

「こんなひどい話は聞いたこともないよ。自分の子どもの顔もわからないなんてさ」

　おばあちゃんは電話にかけつけたが、うっかりたたき落としてしまった。

　おばあちゃんが電話をひろいあげてかけると、だれかが電話に出たようだった。そしておばあちゃんがどなりつけた。

「あんたたちがリスベットにあやまらなかったら、スパイ組織のあたしの友だちに言いつけて、バハマじゅうで駐車違反をさせてやる！　あんたたちのアパートの豆スープに、つばを入れてやる！　あんたたちがねているあいだに、おでこに角のタトゥーを入れてやる！」

　おばあちゃんが電話にむかってどなるのを聞きながら、わたしはテーブルの下にすわって、目をつぶっていた。

　なにかやわらかいものが、ほっぺたにあたり、なんだろうと思って、まばたきをしてなみだをふりはらった。シクステンがそこにいて、鼻でわたしをつついていた。なめらかで気持ちいい頭をわたしにおしつけている。シクステンはなみだをなめてくれた。でもつぎからつぎへとあたらしいなみだが出てくる。鼻水も出てきた。

　ママとパパは、わたしの顔がわからなかった。

　おばあちゃんが受話器をバン！　とたたきつける音が聞こえてきた。おばあちゃんはがんこに、昔ながらの、ダイヤルを回すタイプの電話をつかっている。それはわからずやの相手に、こうやって受話器をたたきつける音をきかせるためだ。そして、今わからずやなのは、ママとパパだった。

おばあちゃんはテーブルの下へともどってくると、なにも言わずに
わたしをだきよせて、むねに強くおしつけた。おばあちゃんの心臓は、
馬がはねているように、ドッキンドッキンしている。おばあちゃんは、
わたしのかみをなでながら、何度も言った。
「あたしの世界一かわいいおちびちゃん」
「ママとパパは、スケッチブックをおくってくれたよ。少なくとも
わたしが絵をかくのが好きだってことはおぼえてるんだよね」
　わたしは、クスンクスンと鼻をならしながら、言った。
　おばあちゃんは、わたしをさらに強くだきしめた。
　ふと、ママとパパにおくった絵のことを思い
出した。シクステンやおばあちゃん、そして
自分で思いついた動物たちといっしょに
いるわたしをかいたものだ。ママとパパ
に、わたしがどんな絵がかけるのかを、
見てほしかった。
　おばあちゃんは、やっぱり組織の人たちにたのんで、バハマで駐
車違反をしてもらうと言った。自分の子どもの顔もわからなかった
くせに、きちんとあやまることもできない大人は最低だから、そう
いう人たちには、きちんとばつをあたえるんだって。
　わたしは、ほとんどなにも言わずにおばあちゃんのあごの下で、
ひざをかかえこんでいた。なみだはなかなかとまらなかった。おば
あちゃんは、ほっぺたをよせてささやいた。
「あたしの世界一かわいいおちびちゃん」

ねむれない夜

　その夜、わたしはおなかがしくしくいたんで、ねむれなかった。お気にいりのマンガ、『空飛ぶ子犬たち』を読んだあと、くらい部屋でベッドにねころがりながら、天井をながめていた。そこには、フリーマーケットで買った、プラスチックの星座がならんでいる。おばあちゃんの肩に乗って、わたしが自分で思いついた形にならべた星座たちだ。

　大きいチョコレートクッキー座と小さいチョコレートクッキー座、ユニコーン座、そしてむこうのまどのそばにはわたしの大のお気にいりの星座、リスベットとサンバキング座がある。

　まどの外では、おばあちゃんが大声でなにかをさけびながら、細いライフル銃を撃っている。いつもみたいに、チラシや写真を撃っているのかな。

　でもわたしにとっては、ちっともいつもと同じなんかじゃなかった。わたしの顔をわすれて、となりの女の子を自分の子どもだと思うなんて。ほんとうは、わたしがママとパパの子どもなのに！

　自分がどれほど、ひとりぼっちなのかを考えずにはいられなかった。

わたしはほんとうにさびしかった。近くにいてくれるのはおばあちゃんだけ。もちろんシクステンもいるけど、話すことはできないし。

もしわたしが学校に行きはじめたら、ハーニンと友だちになれるかもしれない。でもおばあちゃんは、そんな子はいないし、それはわたしの思いつきだって言う。

わたしが学校に行くことなんてないし、手紙なんてとどいてないって。でもそのあとおばあちゃんは、いつもうそをつく時にやるように、自分のひざをちらっと見て、なにかべつのことを考えようって言った。

あの時は頭がいたかったから、おばあちゃんの言うとおりにしたけど、今は少なくとも頭はいたくないから、べつに学校のことを考えたっていいよね？

その時、ドアをノックする音がした。

「やあ」

おばあちゃんが、ハアハアと息<ruby>息<rt>いき</rt></ruby>をつきながら言った。

「外でちょっと、チラシをしまつしてきたよ。あのペラペラの役立<ruby>役立<rt>やくた</rt></ruby>たずどもを、庭<ruby>庭<rt>にわ</rt></ruby>じゅうにふきとばしてやったよ」

わたしはふとんを頭の上まで引きあげて、なにも言わなかった。さっきよりも、おなかがいたくなってきたからだ。

「どうしたんだい？　ねむれないのかい？」

わたしはうん、とうなずく。

「ママとパパのせいかい？」

ふたたびわたしはうなずいた。

おばあちゃんはベッドのそばにきて、ランプをつけた。赤いハートの形をしていて、わ

たしのお気にいり。ハートのランプは、部屋に、赤いやさしい光をなげかけた。おばあちゃんが、カウボーイブーツをぬいでベッドに入ってきて、わたしのとなりで横になる。おばあちゃんはあったかくて、ぴったりくっつくと気持ちがいい。

そのうちにおばあちゃんは、おだやかになった。もうあんまりおこっていないみたい。

「わたし、おなかがいたいの」

おばあちゃんは、うんうんと言って、悲しくなると、そうなることもあるんだよと教えてくれた。

「悲しい時には泣く人もいるし、頭にフライパンをかぶる人もいる。それか、自転車でビーチに行って、そのまま何時間も海を見ている人もいる。おまえのように、おなかがいたくなる人もいるんだよ」

「おばあちゃんは、そういう時にはどうするの?」

おばあちゃんは、ちょっとのあいだしずかになって、あごの下をかきながら考えこんで言った。

「そうなったらいつもよりずっと多く、ライフルを撃ちまくるね。そうでなければ、泣くよ。ただし、ほんとうに悲しい時はしずかにして、なにもしないでいるよ。空気になったふりをしているんだ」

わたしはまくらをだきかかえると、おばあちゃんが言ったことを考えた。

おばあちゃんはまくらもとにあった、マンガに目をとめた。

「リスベット、それをあたしに読んでくれるかい?」

まだ、『空飛ぶ子犬たち』の最新号を読んでいないから、わたしに読んでほしかったんだって。あるサーカスのいじわるな団長にさらわれた子犬たちがどうなったのかを、聞きたくてたまらなかったみたい。

「でも、おばあちゃんはつかれてないの？」

「つかれたりするもんかね。あたしゃぜったいにつかれないのさ。ときどき目はつぶるけどね。ほら、読んでごらん」

おばあちゃんが答えた。

わたしが読んであげると、おばあちゃんはときどきくすくす笑った。頭がゆれて、かみの毛からラズベリーグミがころがりおちてくる。そのせいでまくらがゴツゴツした。

1ページ、1ページ読んでいくうちに、おなかがいたいのは、なおっていった。

それから、わたしたちはねむりについた。

『空飛ぶ子犬たち』の物語が気になるって？

みなさんが心配しないようにこっそり教えますが、最後には子犬たちは幸せになります。ママがいじわるな団長から子犬たちを取り返すのです！

トチノキの
フクロウたち

　数週間があっという間にすぎていった。まるで小鳥が飛んでいくみたい。いつの間にか、6月も半分すぎていた！

　ぬるいお湯のような夏の空気は、キキョウの花みたいなにおいがする。わたしとおばあちゃんはそれぞれ、トチノキの高いところにつるしたブランコにすわって、フクロウが来ないように、ホーホーと声をあげていた。これは、おばあちゃんが思いついたあたらしいあそび。ホーホーと鳴くのはとてもうまくいった。そうはいっても、フクロウなんて、まったくいないんだけどね。

　ちょうど、わたしたちがいちばん声をはりあげていた時、ゆうびん屋さんの車が家の前にとまった。

　やってきたのは、かみにパーマをかけた背のひくいゆうびん屋さんで、車のまどをあけると門の外にあるポストに手紙を入れた。

「やあ。なにかおもしろいゆうびんはあるかい？」

　おばあちゃんが大声で言った。

「それはわからないね。人さまのゆうびん物をあけたことなんか、ないからな」

　ゆうびん屋さんも、車から大声で言い返した。

「はやく見たいな。なにかおもしろい荷物はきてるの？」

　わたしもおばあちゃんのまねをして大声で聞いた。

「とくにはないね」

　ゆうびん屋さんは、ぼうしを直した。

「チラシだったらそのまま、そこに入れて」

　おばあちゃんはまた大声で言うと、ポストのそばに置いてある、くずかごを指さした。

　わたしが一度、なんでかごを置いておくのかきいた時、おばあちゃんは、そのほうがべんりなんだと教えてくれた。こうやってチラシを集めておくと、たき火につかう時そこから持ってくればいいだけだから、あちこちさがさなくてもすむんだって。

「自分で見においで。じゃあね」

　背のひくいゆうびん屋さんはそう言って、行ってしまった。

「わたしはただのチラシだと思うな。最近は、つまらないゆうびんしか来てないよね。ママとパパからの手紙じゃないといいな」

　あのふたりにはかなりきびしく言ったから少しはこりただろ、とおばあちゃんが言った。それに最近、スパイ組織はママとパパが管理している公園で、せっせと駐車違反をしているんだって。

「少なくとも400台はやってるね」

　おばあちゃんは、ニヤッとちょっといじわるに笑う。それから、「いそいで木をおりてゆうびんを持っておいで」とわたしにたのんだ。

「オッケー」

　わたしが木をおりているさいちゅうに、おばあちゃんが大声で鳴きたてた。

「ホーホー、ホーホー」

　そして、ブランコをすごいいきおいでこいだ。

　わたしはあたらしい号の『空飛ぶ子犬たち』が来ているかもしれないと思って、できるかぎりのはやさで、ポストに走っていった。それから、あんまりチラシが入っていないといいなと考えた。

　おばあちゃんは、あの自転車レースの夜から、もう何週間も、毎晩たき火のそばで夜ふかしをしていた。それにつきあうのに、ちょっとうんざりしている。

　おばあちゃんはいつも、ゆかいなほら話をしたがるし、わたしもおもしろがって聞いていたんだけどね。

「なにかおもしろいものは来ていたかい？」

　おばあちゃんが木の上から大声で言った。わたしはポストをひらく。

「チラシばっかりだよ」

「スパイめがねのチラシはあるかい？」

　おばあちゃんの声が庭じゅうにひびく。

「そんなのはないよ！」

「スパイ用のペンは？」

「ないよ！」

「色のきえるインクやぱちんこは？」

「ないよ」

　わたしは、チラシをぱらぱらとめくった。

　スパイグッズのチラシは１まいもなく、洗ざいが安くなると書いてあるものばかりだ。

「つまらないね！　くずかごのなかに入れておいとくれ」

　おばあちゃんがブランコの上から大声で言った。

わたしがくずかごのふたを閉めようとした時、ポストになにかが入っているのが見えた。

　白いふうとうだ。

　取り出してみると、わたしあての手紙だった。でもこんな字の人は知らない。もしママとパパではないとしたら、だれからの手紙？

　わたしはふうとうを開けた。地面のじゃりの上に、夏の花がかかれたポストカードがおちた。

　ポストカードについたほこりをはらうと、たくさんの文字がならんでいた。わたしはおばあちゃんに字を教わったので、読むのも書くのもけっこうじょうずにできる。

「ペンは剣よりも強し」といってね、字を書けるのはすばらしいことなんだよ、とおばあちゃんはいつも言っている。「それなのに、おばあちゃんがペンよりもライフル銃をつかうほうが多いのはなぜ？」と聞くと、おばあちゃんは手をひらひらさせて、そんなくだらないことグダグダ聞くんじゃないよって答える。おばあちゃんはひみつのスパイだから、武器や戦いの方法については、世界じゅうのだれよりよく知っているんだって。

「手紙が来たよ。マイリスっていう人から」

　わたしはおばあちゃんにむかって大声でさけんだ。

「マイリスだって？　そんな人は知らないねえ。それだってなにかのチラシじゃないのかい？」

　でもそうではなくて、学校の担任の先生からの手紙だった。やっぱりわたしは８月31日から、ピアー小学校の１年生になるんだ！ふうとうのなかには、同じクラスに入る子どもたちの名ぼも入って

いた。わたしが知っている名前はハーニンだけ。

「それはなにが書いてあるんだい？」

　おばあちゃんは待ちきれなくなったのか、ホーホーと鳴きたてながら、木の上で、もっとはげしくブランコをゆらした。

「下におりてきて、自分で見てみたら」

　その時、おばあちゃんは、なにかをこわがっているような顔をした。

　おばあちゃんはブランコからポーンと飛びおり、きれいに地面に着地した。トチノキはかなり高いのに、けがひとつしない。そしてわたしのほうにかけよってきた。

『リスベットへ

　わたしはハーニンのとなりの家に住んでいて、あなたが手紙を受けとっていないことをハーニンから聞きました。ゆうびん屋さんがなくしてしまったにちがいありません。そこで、こうしてふたたびお手紙を書いています。おそくなってごめんなさい。楽しい夏をすごしてくださいね、リスベット。それでは８月に会いましょう。

マイリスより』

　おばあちゃんはわたしのうしろから、肩ごしにポストカードを読んだ。だまりこんでいて、なんだかおかしなようすだった。

　おばあちゃんの顔を見上げると、紙のようにまっ白な顔になっていた。

「なにか言ってよ、おばあちゃん」

　わたしはそう言いながら、おばあちゃんの手をにぎった。おばあちゃんの手がすっかりつめたくなっている。

「あたしはちょっとねてくるよ。だれかが死んだら、そうするもんなのさ」

世界で最後の夏

　おばあちゃんは、ひとことも話さずに、トチノキの下にねころがっていた。ドラキュラがするように、むねの上でうでを組んでいる。そして目をつぶって、鼻水をたらしながら泣いていた。わたしはそばにねころがって、木のこずえのほうを見上げた。風がトチノキの枝を、ゆっくりと前へうしろへとゆらしている。木の葉はざわざわと歌い、枝やみきがきしむような音をたてていた。白い花が咲きほこり、なんだか街灯がともっているみたい。とつぜん、強い風がふきつけてきて、花びらが雪のようにふりはじめた。

　太陽が雲のうしろにかくれて、あたりが急にすずしくなってしまった。

　わたしたちはちょっとのあいだ、木の下で横になっていた。

「だれが死んだのか教えて」

　おばあちゃんに聞くと、首を横にふって、くちびるをギュッととじた。わたしはおばあちゃんの肩をつつく。

「おねがいだから。なんだかこわいよ」

　おばあちゃんが目をあけた時、目のまわりが赤くなっていて、なみだがあふれていた。

「夏だよ。夏が死んじまったんだ」

　おばあちゃんが悲しそうにささやいた。

「え？　そんなことないよ。だって今、夏だよ」

「うん、でももうすぐ死ぬんだよ。これは世界じゅうで、最後の夏なんだ。だから、泣いたっておかしくないだろ」

　そう言って、Tシャツではなをかんだ。

「でも毎年、あたらしい夏がくるよね。そのあと秋がきて、それから冬になって、つぎに春がくるんだよ。そしてまた夏がくるんだよ」

「そうだね。でもこれからはもう夏はこないんだよ」

　おばあちゃんはなにが言いたいんだろう。夏が死ぬってどういうこと？

「だって８月がきたら、おまえは学校に行っちまう。つぎの年からはもう、夏はこないで夏休みがくるんだよ。夏休みっていうのは、あっという間におわっちまうのさ」

「でも学校を卒業して、わたしが大人になったら？　そうしたらまた夏がくるんじゃないの？」

　おばあちゃんは首をふって、トチノキを見上げた。

「いいや、そうなったらおまえもほかのみんなみたいに、つまらない仕事をはじめる。そうなったら、くるのは夏じゃなくて夏の休日なんだよ。夏の休日は夏休みよりももっとみじかいんだ。『コッコケコッコ、朝がきた』って歌う間もなくおわっちまうのさ」

　おばあちゃんは、ふたたび目をつぶる。

「そんなふうに言わないでよ。大きくなっても仕事をしないかもし

れないじゃない。もしかしたらおばあちゃんみたいに、ひみつのスパイになるかもしれないし」

「ふんだ。おまえはどうせ、あたしをなぐさめるために、うそを言ってるんだろ」

おばあちゃんは、少し目をあけた。

「そんなんじゃないよ。はっきりしたことはわからないけど。だって大人になるのは、まだずーっと先だもの」

「おまえが思うよりずっと早いよ。まばたきをする間もないくらいさ」

わたしたちはちょっとのあいだだまりこみ、トチノキの枝を見上げていた。ブランコが風にゆれている。

「でももちろん……」

しばらくすると、おばあちゃんはそう言って、体を起こした。

そしてトチノキのみきによりかかって、わたしを見おろす。

「このまま夏がすぎるのをぼーっと待っているだけなんて、時間のむだだよ」

「どういう意味?」

わたしが聞くと、おばあちゃんはずずっとはなをすすりあげた。

「世界で最後の夏なんだよ。こうして泣いているあいだに、何秒もすぎちまう。そのあいだに、なにかおもしろいことができたっていうのにさ」

「そういうことね。まだ少しのあいだは、夏が生きているって意味だよね」

わたしも、ぴょんと体を起こした。

「まさにほんとに、そういう意味さ!」と、おばあちゃんが答える。

体があつくなった。ふしぎなことに、なんだかまわりの温度まで高くなったみたいに思える。わたしは木の枝を見上げた。雪のようにふっていたトチノキの花びらも、いつの間にかひらひらとまいおりてきているだけになった。夏はおわってなんかいない！

「きっとこれまでで、いちばんすてきな夏になるよ！」

　なんだかわくわくして、おなかのなかで、元気なテントウムシがはねているような気持ちになった。

「楽しいことをぜんぶやろうね。おもしろいことだけ！」

　わたしはそう言うと、ぴゅっとそこから走りさった。おばあちゃんがなにかを言いかけたけど、それを聞いているひまなんてなかった。

　わたしにとって、なにがいちばんおもしろいのかを、思いついたんだもの。一秒だって、むだにしたくない。

ブロッコリーと
ミヤコドリ

　わたしはさっそくライラックのしげみ
のそばにすわって、絵をかきはじめた。
外にいるのはいい気持ち。太陽が顔を出し、
背中をあたためてくれていて、夏の感じがする。しげみからはいい
においがして、鼻でごちそうを食べているみたい。鳥たちも楽しそ
うにうたっている。クヴィーデヴィット、クヴィーデヴィットって。
　紙のたばと、カラーペンをぜんぶ取り出して、おどっているきゅ
うりをかいていると、おばあちゃんがわたしのうしろでせきばらい
をした。
「なにをしているんだい？」
「絵をかいているの。世界でいちばんすてきな夏になるように、自
分のいちばん好きなことを、すぐにはじめようと思ったの」
「それはかしこいね。学校に行くようになったら、今みたいにたく
さんはかけなくなるからね」
　おばあちゃんが言った。
「学校で絵をかいたらいけないの？　学校では『図工』の時間もあ
るんでしょ。本で読んだことがあるよ」

「そうさ。でも学校では、先生の決めたものをかかなくちゃいけないんだよ。ブロッコリーとかミヤコドリとかね」

「そうなんだ」

　わたしは緑色のペンを取り出した。おばあちゃんはそばに立ったまま、ラズベリーグミをムシャムシャ食べている。ブロッコリーの頭はふわふわしていてやわらかそうだから、絵をかいたらおもしろいよね。

　そこで、サッカーをしているブロッコリーをかいてみた。

「おやおや」

　おばあちゃんがそう言って、手をふった。

「おまえ、ブロッコリーがサッカーをしているところを、学校でかかせてもらえると思っているのかい？」

「これはブロッコリーだよ。学校ではブロッコリーをかくんでしょう？」

「学校では見たまんまをかかなくちゃいけないのさ。自分の好きなように、かいていいわけじゃないんだよ。ほんもののブロッコリーはサッカーなんてしないだろう？　野菜置き場で、じっとしているだろ。ブロッコリーが起きだして、サッカーをしているところなんて見たことあるかい？」

「それってとってもつまらないよね。いろいろ思いついてかいたほうが楽しいのに」

　わたしは少し悲しくなった。

「そうだね。空想するのはいつだってすてきなことだよ。今、時間があるうちに夢を見て、できることをいろいろ考えておくんだよ、リスベット。8月31日になってからじゃあ、おそいからね」

　わたしはあたらしい絵をかきはじめた。ダンスホールにいるハエた

ちだ。ミラーボールの光がハエの羽にあたってキラキラしている。ハエよりずっと大きいポップコーンもかいた。ハエがダンスホールにいて自分より大きなポップコーンを食べていたら、おもしろいもんね。

おばあちゃんがまた、わたしに声をかけた。

「なにをかいているんだい？」

「見えるでしょ」

「見えるけどさ、おまえに説明してほしいのさ」

「おばあちゃんもなにか、あっちで楽しいことをやったら？　なにかゆかいなことは、あとでいっしょにやるのはどう？」

「そんなのつまらないよ。おまえといっしょにいたいんだから」

「おばあちゃんには、シクステンもいるじゃない？」

「ふん、シクステンなんて。あのネコったら、はか石みたいにだまりこんでるんだから。義足で一日、キッチンのソファをパンパンたたいているんだよ。哲学者や政治家みたいに、うまいことも言えないしね」

「でもそんなことわたしだってできないよ」

「そうだね……でもおまえはあたしが世界を飛びまわっていた時の話を、とってもじょうずに聞いてくれるじゃないか」

「うん、そうだね」

そう答えながら、わたしはミラーボールを緑色にぬっていた。

「シクステンが家具を動かそうとするなんて、あたしゃ気にくわないね。家具の置き場所に文句があるなら、まずあたしに相談するのがすじってもんだ」

シクステンが家具の位置に興味を持っているなんて、気がつかなか

った。

「シクステンはしょっちゅうなにかを鼻でつっついて、頭をおしつけて動かそうとするんだ。おまえはちゃんと、家具やものをどこに置いたらいいか、あたしに相談するからね」

　おばあちゃんはプンプンしながら言った。

「そうだね」

　そのあと、わたしはひとりになろうと、自分の部屋に行った。でもわたしがひとりでいられたのは、7分くらい。そのあいだにカレンダーを作った。学校がはじまる8月31日まで、毎日×をつけていくつもり。今日の日づけは、ふうとうにはってある切手のスタンプでたしかめた。前におばあちゃんが、今日が何日なのかわからなかった時は、こうやるんだよって教えてくれた方法だ。カレンダーがじょうずにできたので、かべにかけようとした時、ドアをコンコンとノックする音がした。

「どうぞ」

　わたしが言うと、おばあちゃんが入ってきた。

「やあ、おまえはなにをコンコンしているんだい？」

　あーあ、この家ではなかなかひとりにさせてもらえないんだから。

「ドアをノックしたの、おばあちゃんでしょ」

「あんたがあたしを恋しがっているんじゃないかと思ってね。おばあちゃんのカンてやつさ」

「そうだね」

　わたしは言った。

「そうそう」

　おばあちゃんも言った。

わたしはカレンダーを、画びょうでかべにとめた。とってもすてき！　今日は６月21日だ。あと２か月とちょっとで、学校がはじまる。
「なんか用？」
　わたしは言いながら、カレンダーに×を書きこむ。
　おばあちゃんの顔が、パッとかがやいた。
「そうだ、リスベット。おまえに言いたいことがあったんだ。これから銀行(ぎんこう)に行って、わたしの財産(ざいさん)をあずけるよ」

サンバの王さまの財産

　　　ドン！　おばあちゃんはわたしの足もとに、茶色の手さげかばんを置いた。

　　かばんはぷっくりしていてぶあつくて、今にもパーン！　とはじけてしまいそうなくらいパンパンだ。

「それなあに？」

「あたしの財産だって、言っただろ。さあ、銀行に出かけて、これを口座に入れようじゃないか」

　おばあちゃんはそう言うと、すごいいきおいで、階段をおりていった。

　口座っていうのは、銀行にひとりひとりのちょきん箱があるようなもので、そこにお金を入れておけるんだって。

　わたしは絵やカレンダーを見直しながら、ちょっと考えた。でもおばあちゃんがどうしてあんなにはりきっているのか気になって、あとを追いかけることにした。

　おばあちゃんが自転車を引っぱり出す。わたしたちはヘルメットをかぶって、バックルをカチッととめた。そして自転車をこぎだした。おばあちゃんが先で、わたしがあと。

わたしはおばあちゃんの手さげかばんを横目でちらっと見て、ちょっと心配になった。おばあちゃんはだれかから、お金をぬすんだのかな。おばあちゃんが国から年金をもらっていることは知っている。でもいつもほんのちょっとだし、国はケチだとよく言っている。

　そんなことを考えていると、おばあちゃんが声をかけてきた。

「さあ、口ぶえをふきながら行くよ！　口ぶえをふくと、はやくこげるんだよ」

「そうなの？」

　そんなことはじめて聞いた。

「もちろん、そうだよ！　そうでなきゃどうして口ぶえなんてふくのさ？」

　おばあちゃんは口をとがらせると、口ぶえをふいた。

ピューピューピューピューピーピューピィィーピューピーピューピューピュー！

　なにかを言い返すひまもなく、わたしたちは銀行に着いた。おばあちゃんは、財産をあずけて利子がほしいって言っている。おばあちゃんによると、銀行はそういうところなんだって。お金をあずけておけば、銀行が守ってくれて、財産がふえるらしい。

「でも……いくらお金をあずけるの？　わたしたち、そんなにお金持ってないよね？」

「リスベット、まあ見ていてごらん」

　銀行にはわたしたちしかいなかった。ほかの人たちはみんな、ビーチに行ったり、なにかほかに楽しいことをしているんだろうな。自分のおばあちゃんにじゃまされずに、絵をかいたりとかね。

「お金をあずけたいんだけど」と、おばあちゃんが、できるかぎりお

もおもしい声で言うと、銀行のお姉さんがこう言った。

「身分証明書をおねがいします」

　おばあちゃんは、手さげかばんからこそっとイタリア語のスパイ免許証を出した。

「これはほんとうにあなたですか？　ドーラ・オリベッティさん？」と、銀行のお姉さんが言って、おばあちゃんと免許証を、しっかり見くらべた。

「Claro, si！　あのころは、まゆ毛がかたっぽしかなかったからね。わたしがあるパーティーでねむりこんじまった時に、悪ふざけが好きなアイスランドの大統領が、そりおとしちまったのさ。それにちょうどあのころ、収容所に入っていて、まずい食べものばかり食べていたから、口をすぼめていたのさ。もちろん、この写真はあたしだよ」

　おばあちゃんはそう言うと、まじめくさってうなずいた。

　銀行のお姉さんは、さぐるようにおばあちゃんをじろじろ見ている。なんだかおもしろそうなので、わたしも一生けんめい見ていた。

「いくらあずけたいんですか？」

　銀行のお姉さんが言った。

「1107」と、おばあちゃんは答えた。

「あらそう。それはずいぶんこまかい金額ですね」

「かなりめずらしい財産だからね」

　わたしは興味しんしんで、手さげかばんを見ていた。

「そうですか」と、銀行のお姉さんは言うと、おばあちゃんにむか

って、先をつづけるようにうなずいた。

「あたしがあずけたいのはなによりすばらしい財産なんだよ。1107個のラズベリーグミさ」

銀行のお姉さんとわたしは、おどろいて、おたがいに顔を見あわせた。

「ここは、お菓子屋さんではありません。オリベッティさん、銀行です。わたしたちがおあずかりするのは、お金だけです」

「これはお金より大事なものだ。あたしが言ったことが聞こえなかったのかい？　ラズベリーグミだよ！　リスベット、ラズベリーグミがどれほどおいしいか、この人に話してやっとくれ」

おばあちゃんは言った。

わたしは横目でちらっと銀行のお姉さんを見た。わたしだって、グミをあずかってくれる銀行なんて聞いたことない。銀行があずかるのはお金だけだと思う。

わたしはなんて言ったらいいか、わからなかった。いつもはおばあちゃんに賛成していればいいだけだから。

「おばあちゃんは毎日ラズベリーグミを食べているの。たくさんね」

わたしはそう言って、うなずいた。

「ほら、聞いただろ。あたしは自分のラズベリーグミをあんたたちにあずけて、利子をつけてふやすんだ」

「いえ、それはできません。もう一度言います、わたしたちがおあずかりできるのは、お金だけです」と、銀行のお姉さんが言う。

「あんた、ラズベリーグミをこれまで食べたことがないの？」

おばあちゃんはイライラしたように、足をふみならした。

銀行のお姉さんが肩をすくめる。

「おぼえておりませんけど、たぶん、ありませんね」

「最初に食べたラズベリーグミの味は、一生わすれないものさ。いいかい、ちょっと味をみなよ。そうしたらラズベリーグミが1106個になるけど、利子がつくからそのぶんはもどってくるよね。ここでさ！」

　おばあちゃんはラズベリーグミをひとつかばんからつまみ出した。

　銀行のお姉さんはこまったようにラズベリーグミをながめた。

「わたしたちは、お客さまから食べものはおあずかりできません。何年か前、ここに毒のバナナが持ちこまれる事件があったので」

　おばあちゃんはゆっくりと、お姉さんの目の前で、ラズベリーグミをいったりきたりさせた。そのようすは小さなグミで、さいみん術をかけているみたいだった。

　午後の太陽がまどからさしこみ、ラズベリーグミがキラキラと光る。グミについている砂糖もキラリと光り、宝石みたいだった。

「あんたは味わってみたくなる……舌の上でころがしたくなる……カリカリしている砂糖を口のなかでとかしたくなる……」

　おばあちゃんは、ピチャピチャと舌をならした。

「わたしは……ええと……」

　お姉さんが口ごもる。

「そうそう……とってもやわらかいよ。舌の上であまくとろけるよ。とてもなめらかで。まるで……」

　おばあちゃんはそこで言葉をとめた。

　お姉さんは身をのりだして、ラズベリーグミ1個にかぶりつき、

砂糖があたりに飛びちった。

「いたい！」

　砂糖のつぶが飛んできて、わたしは目をおさえた。

「気をつけてよ、あんた！　リスベットの目が見えなくなっちまう」

　おばあちゃんはさけぶと、わたしの目から砂糖をはらってくれた。

　わたしは目をパチパチさせた。お姉さんはものほしそうに砂糖のつぶとおばあちゃんを見つめている。

「もしわたしがそのラズベリーグミをおあずかりしたら、食べてもいいんですか？」

「そうだねえ……なめるならいいよ。食べちまうのはだめだよ。できるだけたくさん、あたしの口座に入れておきたいんだから」

　ドン！　手さげかばんがカウンターの上で音をたてる。銀行のお姉さんとわたしは、おばあちゃんの動きから目がはなせなかった。みんなが息をひそめていると、おばあちゃんがかばんのふたを開ける。

　すると、ピンク色の光がわたしたちを照らした。かばんがまるでどうくつにある宝箱のように見える。小さなグミの山がキラキラとかがやく、ふしぎな光景が目の前にひろがっていた。

「さて、どうするね？　このすごいお宝を、あんたの銀行にあずけられるのかい？」

　お姉さんの目は、ラズベリーグミにくぎづけになっている。

「あの……ほんとうにグミをなめてもいいんですか？」

「もちろんだよ。でも食べるのはだめだよ」

「ご心配にはおよびません、オリベッティさん。銀行には預金を守る保証がありますから」と、銀行のお姉さんがほこらしげに言う。

「預金を守る保証ってなあに？」

わたしは質問した。そんなもの聞いたことがない。

「あなたさまのラズベリーグミになにかが起こった時には、わたしたちがあたらしいグミをさしあげます」

「よし、決まった！　あんたの命にかけてラズベリーグミを守っておくれ」

おばあちゃんは、かばんのふたを閉めた。

銀行のお姉さんがかばんを自分のほうに引きよせた瞬間、かばんはパッとカウンターの下にきえた。

何秒かすぎた。

「さて。ラズベリーグミを返しておくれ。利子をつけてね」

おばあちゃんが言うと、お姉さんはこまった顔でおばあちゃんを見返した。

「すみませんが、オリベッティさん。そういうわけにはいきません。利子がつくのは1年に1回だけなんです。この銀行の口座には1年で0.1パーセントの利子がつきます。ラズベリーグミ1000個につき、1個ラズベリーグミがふえるのです」

「ラズベリーグミ1個だけ？　1年後に？」

おばあちゃんが顔をしかめる。

「それはずいぶん、少ないよね」

わたしは言った。

「いやいや、そうかい。それなら今すぐにわたしのラズベリーグミを返してほしいね。わたしが待てるのは、5分までだよ。1年じゃない。さっさとおし！」

おばあちゃんが言うと、お姉さんが首を横にふった。

「さあ、今すぐにだよ！」

おばあちゃんはどなって、銀行のじゅうたんをドンドンとはげしくふみつけた。顔がラズベリーグミのような色になって、今にも燃えだしそうに見えた。

　その時、わたしはママとパパがおくってくれた本、『あなたの子どもに、お金について教えましょう』にのっていた言葉を思い出した。

　あの本には、なにか取引をした時に、それを取りやめられる権利があると書いてあったよね。それを撤回っていったはず。銀行だって、きっと取引をするところだよね。

「取引の撤回っていうものがあるんでしょ？」

　わたしは言った。するとおばあちゃんの顔がかがやいた。

「あたしのかしこい孫の言葉をよく聞きな！　おまえはほんとうに頭がいいね。もう一回言ってごらん、リスベット」

「だれでも撤回する権利があるんでしょ？」

　銀行のお姉さんは、しぶしぶとラズベリーグミの入ったかばんを返してくれた。

「利子はけっきょくつかないの？」

　わたしが聞いてみると、お姉さんが肩をすくめる。

「残念ながら、つけられませんね」

　わたしたちが銀行の出口にむかって歩いていく前に、おばあちゃんはあのお姉さんをかわいそうに思って、ラズベリーグミをひとつ、なめさせてあげた。お姉さんはものほしそうに、おばあちゃんの茶色のかばんをじっと見つめていた。

「ほら、言っただろ。はじめて食べたラズベリーグミの味は、だれだってわすれられないものさ」

おばあちゃんが肩ごしに大声で言った。

　わたしたちのうしろで、ドアがバタンと音をたてて閉まった。

　銀行の外の歩道に出ると、それぞれひとつかみのラズベリーグミを口にほうりこみ、自転車に飛びのって、口ぶえをふきながら帰った。

　ピューピューピューピューピーピューピイイーピューピーピュー
ピューピュウウウー！

シクステンが
たいへんな目にあう

　銀行での失敗の何週間かあと、おばあちゃんとわたしはテントのなかで、ラズベリーグミを手さげかばんから出してマットレスにつめていた。

　わたしたちは楽しいことをするのにいそがしくて、今までラズベリーグミなんかにかまうひまがなかった。

　川で泳いだり、まつぼっくりをなげあったり、うでずもうをしたりした。いつもおばあちゃんが勝つんだけど、わたしはとっても楽しかった。やるたびに自分が強くなっていくのがわかるから。

　わたしはまた学校のことを考えていた。もう7月だ。

　夏がおわったら、わたしは学校で、見たまんまのそのままのミヤコドリをかくようになるのかな。

　マイリス先生が肩ごしにわたしの絵をのぞきこんだりして。わたしの席が、ハーニンのとなりだったらいいんだけど。休み時間には、ハーニンとゴムボールをなげてあそびたいな……。

「シャキッとしな、リスベット。ちゃんと手伝って。おまえがぼーっとしていたらつまらないじゃないか」

おばあちゃんが言った。

わたしはラズベリーグミを、せっせとマットレスにつめていった。マットレス１まいのなかにおさまったグミは、800個くらい。時間はずいぶんかかった。

つめおわると、ふたりとも、ためしにマットレスの上でねころがってみたくなった。おばあちゃんが先で、つぎはわたしの番。

ラズベリーグミのてっぺんが背中にあたって、なんだかくすぐったい。

「あたしはおとぎ話に出てくる『おしりの上にねたおひめさま』になるよ」

おばあちゃんが言う。

「それを言うなら、『豆の上にねたおひめさま』でしょ？」

「いいや、『おしりの上にねたおひめさま』さ」

おばあちゃんがちょうどラズベリーグミをひとつ食べようと、マットレスのなかに手をつっこんだ時、シクステンがきた。

ドン！

シクステンが頭をストーブにぶつけた。

「家具の場所をかえようとするのはやめておくれ」

ブツブツとおばあちゃんが文句を言う。シクステンは頭を下げたまま、わたしたちのほうへやってきた。

「ミャアウー」

シクステンが鳴いて、わたしはシクステンによびかけた。

「おいで、シクステン」

「シクステンにかまうんじゃないよ、リスベット。気を引きたいだけなんだから」

シクステンは、また木でできた義足をストーブにガンガンぶつけは

じめた。

「でもわたし、ネコ好きなんだもん。とくに海賊ネコはね。なかでも
いちばん好きなのは、シクステンなの」

　わたしがシクステンをよぶと、シクステンはひざに飛びこんできた。
そして太ももを、義足でたたきはじめる。

トントントン、トトン、トトン、トトン、トントントン

　シクステンの耳のうしろをかいてやると、おばあちゃんがふんっ
て鼻を鳴らした。

　おばあちゃんがしてくれる冒険物語のなかでも、わたしのお気に
いりは、おばあちゃんがシクステンと出会った時の話だ。

　わたしがなかなかねむれない時、おばあちゃんはいつもこの話を
してくれる。

「おばあちゃん、おねがい。シクステンのお話をして」

　わたしが言うと、おばあちゃんはため息をついて、シクステンを
にらんだ。

「わかったよ。おまえのおねがいなら、しか
たないね」

　わたしはシクステンをだっこして、
マットレスにねころがった。お
ばあちゃんが話しはじめる。

「スパイの仕事がなくてひま
な時、あたしはよくスパイ組織
から潜水艦をかりて海に出ていたん
だ。なにかおもしろい魚がいないかど
うか、さがすためにね。ある日、あたしは

カールスクローナの海に潜水艦で行ってみた。そこにはすごくおも
しろい魚がいるんだよ。ピザみたいに平べったい魚さ」

　わたしは目をつぶって、ピザみたいな魚を思いうかべた。そんな
魚をかいてみたいな。おばあちゃんはつづけた。
「その時、嵐が起こったんだ。ほんもののひどい嵐だよ。波はマン
ションぐらいに高くなって、海の水があれくるって、ごぼごぼあわ
をたてていた。いつもは世界に、いや、宇宙になにがあってもこわ
がらないあたしが、ほんのちょっとだけこわくなった。そしてどこ
にいるかもわからなくなってしまった。あっという間もなく、フィ
ンランドのヘルシンキにあるキャンプ場に流れついた。潜水艦を陸
につなぐと、売店をさがしに出かけたんだ。ものすごくおなかがす
いたからね。ラズベリーグミのことばっかり、頭にうかんできた。
歩いていると、なんだかおかしなものが見えた」
「おかしなものってなんだったの？」

　この話は1000回はしてもらったけど、わたしは聞いた。
「そこに、はたが１本立っているのが見えたんだ。キャンプ場では
べつに変なことじゃないんだよ。おかしいのは風にはためいていた
のがフィンランドのはたじゃ
なくて、海賊のはただった
ことさ。がんたいをつけた傷
だらけのネコの顔の下に、２
本の剣がバッテンの形に重な
っていたんだ。あたしはすぐ
に、危険な海賊ネコたちが近
くにいるのがわかって、かく

れるためにしげみにもぐりこんだ。　そしてスパイ用うで時計を望遠鏡にして、はたのほうを見ると、なにかがはたのポールにしばりつけられていた。一匹の海賊ネコさ。そいつは一生けんめいにげだそうとしていた」

　おばあちゃんがつづけるあいだ、わたしはギュッとシクステンをだきしめていた。

「かたほうの目には黒いがんたいをつけていて、うしろの右足は義足をつけていた。なにかが剣で海賊ネコのおなかをねらっていた。剣をかまえていたのは、ほかでもない、悪名高い海賊ネコのミッシー・ジョーンズだったのさ。

『ミミミィ』と、ミッシー・ジョーンズが低くうなった。

　あたしはすぐに組織に電話して、人間の言葉になおしてもらった。そしたら『こうさんか？』という意味だった。

『こうさんなんかするものか。最後の晩餐をいただくまではな』と、しばりつけられたネコが言ったのさ。

　すると『それはずいぶんささやかなのぞみじゃないか。だがあまり時間がないな。なにが食べたいんだ？』とミッシー・ジョーンズが聞いた。そしてしばりつけられていたネコが答えた……」

「ラズベリーグミが食べたかったんだよね！」

　わたしは大声で言うと、鼻をシクステンのやわらかなおなかにおしつけた。シクステンはごろごろとのどをならして、わたしにおでこをこすりつける。

　おばあちゃんはうなずくと、海賊ネコをだきあげて、こんどはシクステンを見ながら話しつづけた。

「そこであたしはどうしても、この子をたすけなくちゃと思った。そ

してすばやく口のなかから金歯をはずして、白いハンカチを頭の上で
ふった。

『この金歯とそのネコを交換しな！』ってあたしは大声でその海賊の
メスネコに言ったんだ。

　ミッシー・ジョーンズは金歯を集めていた。海賊はカラスと同じで、
キラキラしたものが大好きだからね。組織が電話ごしに、話すのを手
伝ってくれて、あたしたちは金歯と人質のシクステンを交換した。そ
れからシクステンはずっとあたしといっしょにいるってわけさ。あた
しはシクステンに年金生活のような、しずかなくらしを約束した。そ
して、もちろんそうなったのさ」

　おばあちゃんはそう言うと、シクステンから手をはなした。

　わたしがシクステンの背中をなでると、シクステンは義足でゆかを
たたいて返事をした。

　シクステンはピクシーボブという種類のネコ。船乗りネコだったけ
ど、あまりにも冒険が大好きなので、船の甲板みがきをやめて、海賊
になったというわけ。その後は、七つの海でたいへんな海賊ぐらしを
おくったので、かたほうの目とうしろ足の一本を、なくしてしまった
んだって。ピクシーボブキャットは、ものすごくおとなしいし、しっ
ぽはふつうのネコよりずっと短くて、ふわふわしたボールみたい。

「この子はかた目とかた足をなくして、幸せを見つけたのさ！」

　おばあちゃんは、シクステンの話が出るたびに言っている。おばあ
ちゃんは、シクステンが特別で、ほかのネコとちがうからこそ大好き
なのだ。

「小さなかわいいグルグルネコ」

　おばあちゃんはよくそう言っては、シクステンがのどをならすまで、

あごの下をなでている。

　でも最近おばあちゃんは、シク
ステンのあごの下をなでるのに、
あきちゃったみたい。

　ほんとうのところ、
シクステンにちょっ
とイライラして
いる。

　シクステン
と出会った時
の話がおわる

と、おばあちゃんは自分がシクステンにおこっていたことを思い出
した。

　そしてきげんが悪くなり、「あたしはもっとおとなしい海賊ネコを、
たすけたはずだったのに」と、文句を言った。

　シクステンが家具にぶつかって動かそうとしたり、義足であちこ
ちコンコン、ドラマーのようにたたいたりするのは、約束がちがう
と言っている。

「まったくシクステンときたら！」

　おばあちゃんは苦々しそうに言うと、ラズベリーグミを取り出して、
パッと顔をかがやかせた。

「見てごらん、リスベット。なんてきれいなんだろう。砂糖のつぶ
が完ぺきにグミのまわりについていて、まるでピンクのアルプスの
てっぺんに、ふったばかりの雪がつもっているみたいじゃないか」

　おばあちゃんがグミをわたしの鼻先にもってくる。

「こんなスキー場でスキーができたら、すてきだと思わないかい？　シュッシュッシューって」

　おばあちゃんはそう言うと、ラズベリーグミをふった。

　その時シクステンが義足でわたしのおなかをたたいた。そしてフーッとうなると、どこかに走っていってしまった。

「どうしたのかな」

　わたしはそう言って、立ち上がった。

「ふんだ。知らないね。あの子はナンナの家でやった、仮そうパーティーの日から、ずっとあんな感じなんだよ」

　ナンナ・ヘンナパンナとは、おばあちゃんの元カノだ。ナンナはいつもなにかしら仮そうをしているんだけど、なんのかっこうをしているのかは、だれにもわからない。

　ナンナは、いつも目を半分とじていて、ちょっと特別な笑いかたをする、ミステリアスな人だ。そして、ちょっと変わったことを言う。お天気のことを話していると、「朝ごはんに空を食べてきたわ」って言うし、時計の話をすると、「わたしは時計の生まれかわりなの」って言う。

　ナンナは昔、おばあちゃんが働いていたスパイ組織の衣しょう係だった。

　おばあちゃんはナンナとわかれたとき、自分のいるスパイ組織にナンナをしょうかいしたんだって。「あたしはわかれたって元カノを見すてたりはしないのさ」ってよく言っている。

「どの仮そうパーティーだっけ？」と、わたしは聞いた。

「おまえが家でユニコーンをかいていたいと言って、来なかった仮そうパーティーさ」

　そうだ！　あの日、わたしは自分でも信じられないくらいすてきなユニコーンのかきかたを思いついた。

　まずさかさまにしたアイスクリームのコーンをかき、その下にふわふわのクリームパンをかく。つぎに、クリームパンの下に馬をかくの。ユニコーンの角にはアイスクリームのコーンみたいな、しましまがついている。

　わたしはおばあちゃんが仮そうパーティーに行くしたくをしているあいだに、30頭のユニコーンをかいた。あと30頭、ユニコーンをかいて、キラキラペンで色をぬりたかったので、おばあちゃんとシクステンに、わたしぬきで仮そうパーティーに行ってもらったんだった。
「どんな仮そうパーティーだったの？」

「みんな、宇宙をテーマにした仮そうをしてきたよ。あたしはシクステンがいつもつけている海賊用のがんたいを取って、おどろおどろしいもようの星形のがんたいをつけてやったのさ。パーティーではなにもかもうまくいった。それなのに家に帰ってきて、また海賊用のがんたいをつけてやったら、いきなりシクステンがおこりだしたんだ。それから家具を動かそうとしたり、義足でコンコンたたいたりするよう

になったのさ」

「でも、そのときになにか変なことが起きたにちがいないよ、おばあちゃん。そうでなかったら、シクステンはおこったりしないよ」

「それじゃあ、なにが起きたっていうんだい？　どこかですてきなソファの置きかたを見て、家でもまねしようと思ったっていうのかい？あたしはすごくかっこいいコスチュームを作ってやったんだよ。あの子はまるで、血にうえた宇宙モンスターみたいだった。ベストコスチューム賞をもらったんだから」

　おばあちゃんはとてもすてきなラズベリーグミをなめながら、考えこんでいた。

「アガサ・フォックスに電話して、来てもらおう」

　ちょっと考えたあとに、おばあちゃんは言った。

「アガサ・フォックスってだれ？」

「アガサ・フォックスのことを、話してなかったっけ？　あたしの元カノのひとりだよ。アガサも、ひみつの組織で働いているスパイさ。でもスパイ組織でだれかとつきあったりするもんじゃないね。一度ケ

ンカをしたら、とつぜんニセの手紙でよびだされて、のどもとにナイフをつきつけられるんだから。アガサとあたしは、それからずっと話してないのさ」

「その人はどうやってシクステンをたすけるの？」

「それはもう話したじゃないか。アガサはネコ語が話せるのさ。どんなネコの言葉でもね。農家のネコの言葉でも、シャムネコの言葉でも、キャットルーニャ語でも海賊ネコの言葉でもさ。ぜんぶだよ。シクステンをミッシー・ジョーンズから引きとる時に手伝ってくれたのは、アガサだよ」

　おばあちゃんは立ち上がると、電話にむかって走っていった。

アガサ・フォックスが
なぞを解く

数時間後、ブォンブォンバリバリバリ！ という近所をゆるがすような、すごい音がした。わたしはなにが起こったのかと、まどへ走っていった。夏のりんごが木から落ち、ハンモックは土手に落ちている。こん色のバイクが庭に入ってきた。乗っていたのは、長いベージュのコートを着て大きなサングラスをかけた女の人だった。外があつくても、ちっとも気にしていないみたい。かたほうの耳からはルビーのイヤリングがぶらさがり、太陽の光にあたってキラキラとかがやいていた。

「あのバイクはホンダだね」

おばあちゃんがうれしそうに言う。

わたしはお客さまをむかえるために、いそいで外へ走っていった。

おとなりさんが、まるで戦争が起きたかのように、大あわてでこちらへやってくる。

「アガサ・フォックスが、ホンダに乗って、やってきたんだと思う」

わたしは、フェンスごしにおとなりさんに言った。

「なんだって？ 大へびのアナコンダが来たって？」

おとなりさんが、すごい音に負けないように、大声で言った。

「アガサ・フォックスよ！」

　わたしは大声で言い返す。

　でもおとなりさんは聞いていなかった。あわてふためいてどなりながら、通りへにげていった。

「アナコンダだ！　アナコンダが来た！」

　おいかけて説明する間もなかった。

　すごい音がとまると、きれいに着かざった女の人がバイクをトチノキの下にとめた。

「あなた、アガサ・フォックスさんでしょ？」

　わたしは言った。

「そういうあんたはだれ？」

「あたしはリスベット。サンバキングの孫です」

「そうなんだね。そうそう、あたしがアガサ・フォックスさ」

　アガサが言った。

「わたしたち、あなたを待っていたの」

　そう言って、アガサを家のなかへ案内した。

　地下室へ通じるドアがあいていて、ハアハアという音が聞こえてきた。

　のぞいてみると、それはうで立てふせをしている、おばあちゃんがたてている息の音だった。

「あたしはあのネコ野郎にムカついてるんだよ。落ちついてくらせやしない」

　おばあちゃんがうなるように言った。

「やあ、サンバキング。ひさしぶりだね」

「あんた、なたを持っているだろ？　でなければ、なにかあたらしい武器をかくし持っているんじゃないのかい？」

おばあちゃんが言った。

アガサ・フォックスが手をあげて、なたをかくし持っていないのをおばあちゃんに見せて、言った。

「どうだい、これを最後に戦闘用おのを、おたがい地面にうめるっていうのは？」

どうやら、なかなおりをするって意味みたい。

「それはあんたしだいだね。あんたが自分の前に、持っている武器をぜんぶ置くなら、あたしもそうするよ」

「でもおばあちゃん、アガサはべつに武器なんて……」

わたしがそう言いかけた時アガサがため息をつき、ベージュ色のコートをひらくと、内がわにとめてあった、弓矢のような武器、ボウガンを取り出した。

ポケットのなかにはピストルが入っているし、サングラスは、するどいはさみに変身した。わたしがとてもきれいだと思ったルビーのイヤリングは、じつは手りゅう弾で、口のなかには、小さな電動ノコギリをかくしていた。

「えええー！」

わたしはおどろいて、腰をぬかしそうになった。

「あんたもね」

アガサはそう言うと、おばあちゃんをまっすぐに見すえる。

「おばあちゃんは武器なんか持ってないよ」と、わたしは言った。

その時、おばあちゃんのズボンのなかから、

ガチャガチャという音が聞こえてきた。おばあ

ちゃんはズボンから細いライフル銃を引っぱり出し、

ポケットからはトウガラシ入りのスプレーが出てきた。

耳のうしろから出したペンは、一瞬で小さい短剣に変身して、最後

に足を持ちあげて、シュッという音とともに、くつ底をはずした。

二重になっていたくつ底には、手裏剣がかくされていた。

「これでぜんぶだよ」

　そうおばあちゃんは言うと、アガサ・フォックスを見返した。

　アガサ・フォックスは頭をかたむけて、おばあちゃんをさぐるよ

うに見ながら一歩前に出ると、人さし指をたて、赤いつめでおばあ

ちゃんの頭にさわった。かみの毛のなかから、手じょうが

ガシャンとおちた。

「やれやれ、ばれちまったね」

　おばあちゃんが、こまったように

言う。

「びっくりした」

　おばあちゃんの武器をこんなにたくさん見たのは、はじめてだ。

わたしはふるえあがった。

　アガサ・フォックスは、おばあちゃんをしっかりと見つめて言った。

「さあ、武器はこれでぜんぶだね。ようやく話ができるよ。あんた

はあたしになにをしてほしいの？　サンバキング」

　おばあちゃんはくるっとむきをかえると、キッチンへの階段をの

ぼりながら、説明した。

「最近、シクステンがやたらと物音をたてるんだよ、アガサ。うる

さくてしょうがないよ。あの子はなんだか変になっちまったみたいだ。自分から家具にぶつかっていったり、義足をコンコンぶつけたりするんだ」

　おばあちゃんはおこった顔で、シクステンをにらみつけた。シクステンはキッチンのソファにねころがって、背もたれに義足をパンパン打ちつけている。

「海賊ネコを飼っている理由は、この種類がふつうのネコよりいいところがあるからなんだけどね。とってもおとなしいのさ！でも最近シクステンが、ほかのネコもかなわないくらい、さわぐようになったんだ。コンコンコンコン、一日じゅうさ」

　おばあちゃんが言う。

　トントントン、トトン、トトン、トトン、トントントン

　アガサ・フォックスはキッチンのソファでシクステンの横にすわり、じっとながめた。シクステンのみじかいしっぽがイライラしたように、上下に動いている。

「シクステンは家具に頭をぶつけるようにもなったの。前はそんなことしなかったのに」

　わたしの話を聞いたあと、アガサ・フォックスはゆっくりとうなずき、シクステンのほうをむいて話しかけた。

「それで、なにが起こったんだね？」

　トントントン、トトン、トトン、トトン、トントントン

「サンバキング、あんた、この子がなんて言っているかわからないの？　世界じゅうのひみつのスパイがおぼえている基本をわすれた

のかい？」と、アガサ・フォックスが言う。

トントントン、トトン、トトン、トトン、トントントン

「どういうことだい？　あたしはなにもわすれちゃいないよ。記おく力だって、世界一なんだから。ぜんぶおぼえているよ！」

　おばあちゃんはすねたように言った。

「シクステンはたすけてって言ってるんだよ。木の足で３回みじかくたたき、つぎの３回は二重にたたき、また３回みじかくたたいてる。これはSOSのモールス信号さ」

「それはちがうね。モールス信号のSOSは、３回みじかく、３回長く、３回みじかくだ」

　おばあちゃんが言い返す。

「テレグラフだったらね。でもコンコンとたたく時にはそうはいかない。長くコンコンするのはできないだろ。だから、かわりに二重にたたいているのさ。そのくらい、あんたならわかると思ったけどね」

「おやおや、なんてこったい！」

　おばあちゃんがこまったように言った。

「モールス信号ってなに？」

　わたしが聞くと、アガサ・フォックスが、電話をかけるかわりに音の信号でメッセージを送る昔の方法なんだよと教えてくれた。

「海の上ではべんりな方法だったんだよ。いそいで連絡をとらなくちゃならなくて、手紙をかく時間がない時には、船どうしで音の信号をおくりあったのさ。ほかの船になにをしてほしいのか、伝えるためにね。船がしずみそうになったらテレグラフっていう機械で、モールス信号をおくるんだ。そしたらほかの船がたすけにきてくれるからね」

「でもどうしてシクステンはたすけをよんでいるの？」

「それは今、しらべてみようね」

　アガサ・フォックスはそう言うと、シクステンのほうに顔をちかづけて話しかけた。

「ミャオ、ミャオ、ミーアミーアミャオー」

　シクステンはたっぷり５分ほど鳴いて、返事をしていた。アガサ・フォックスがときどき、うんうんとうなずく。おばあちゃんとわたしはテーブルの下にすわって、それを見ていた。ネコ語が話せる人が家にいるなんて、なかなかあることじゃないもんね。

「シクステンがどんなことで、たすけてほしがっているかわかった？」

　シクステンが鳴きやんだあとに、聞いてみた。

「じゃあ話してあげよう、リスベット。シクステンはこまっているんだよ」

「どうして？」

「あんたのおばあちゃんが、海賊用のがんたいを、見えているほうの目につけたからさ！」

　おばあちゃんとわたしは、はっと息をのんだ。シクステンはべつに、家具の置き場所に不満をもっていたわけじゃなかった。目が見えなかったから、ぶつかっていたんだ！

「でも、このネコがなによりもおこっているのは、そのことじゃないよ」

　アガサ・フォックスはつづける。

「サンバキング、あんたがラズベリーグミをケチるようになったことに腹をたてているんだ。あんたはラズベリーグミのない人生がど

れほどさびしいか、わかっているはずなのに。前は、シクステンはご
はんのたびにラズベリーグミを４つもらっていた。今はまったくもら
ってないそうだね。あんたはまず、ラズベリーグミを銀行にあずけよ
うとし、つぎにはマットレスのなかにぜんぶつっこんだね。自分は、
毎日２ダースものラズベリーグミを口にほうりこんでいるっていうの
に。シクステンが、目は見えなくても、においをかぐ力はちっともお
とろえていないよってあんたに伝えてほしいとさ！」

　シックステンはさらに鳴きたてた。

「ミャアウウウウウウウ！」

「シクステンは、もうこのまんま見えるほうの目に、がんたいをつけ
ておくって言ってるよ。空のフードボウルを見てるくらいなら、こっ
ちのほうがましだってさ。この子は、なんのよろこびもなくただ年老
いていくだけのために、お宝さがしの海賊ぐらしをすてたのかい？」

「だって……」

「だってもヘチマもないよ、サンバキング！　年老いたもんを大事に
するのが、人の道だろ。かわいそうなシクステンにあやまるのはあん
たのほうさ。ほら、ラズベリーグミを持ってくるんだ。今すぐにだ！」

　おばあちゃんはがっくりと肩を落としながら、歩いていった。

　わたしはソファに上がってシクステンのそばにすわり、すぐにがん
たいをつけかえてあげた。

「シクステン、見える？」と、わたしは聞いた。

「見る価値のあるものが、まだここにないって言ってるよ」

　アガサ・フォックスが言う。

　おばあちゃんは大いそぎで地下室から上がってきた。手にラズベ
リーグミが山もり入った大きなボウルをかかえながら、一生けんめい

バランスをとっている。

「ごめんね。さあ、いくらでもお食べ」

おばあちゃんはそう言うと、シクステンの前にボウルを置いた。

シクステンはなにも言わずに、ぜんぶたいらげた。

おばあちゃんは人の言葉と海賊ネコの言葉の両方で、シクステンが生きているあいだずっと、ごはんのたびにラズベリーグミをあげることを約束し、シクステンは、ニャッとみじかく鳴いて返事をした。

「ゆるすとさ」と、アガサ・フォックスが人の言葉に直した。

おばあちゃんは、ふかぶかとおじぎをした。おばあちゃんの目になみだがひとつぶ光っていた。

「小さなかわいいグルグルネコや」

おばあちゃんはそう言うと、シクステンのあごの下をくすぐる。シクステンがゴロゴロとのどを鳴らした。

アガサ・フォックスが、帰る時間になった。アガサはげんかんのほうへむかった。まるでほとんど立ったままでいるように、ゆっくりと歩き、のろのろとコートに手をのばした。

「あんた……サンバキング。もうおそいし、あの『死のマシン』で帰るにも遠いし……」

アガサがおばあちゃんをじっと見つめた。

「そんなことないよね？　あんたが住んでいるのは……ええと……まあそうだね、けっこう遠いね」

おばあちゃんがそう言って、ほっぺたがぽっと赤くなる。

「死のマシンてなに？」

わたしは聞いた。

「ホンダのことだよ」

　おばあちゃんが、庭にとめてある、バイクのほうにむかってうなずく。

　おばあちゃんは、アガサ・フォックスを見つめたままでいた。

　わたしは、おばあちゃんはアガサに恋をしているのかな、と思った。なんだかそういう風に見えたのだ。

「あたしはこのソファでねていいかい？」と、アガサ・フォックスが言う。

「そうだね。まあ、いいだろう。あんたがこまったいたずらをしようとしないならね」

「そんなこと、ちらっとも考えなかったよ」

　アガサ・フォックスはそう言ってやさしく笑い、コートをぬいで、おばあちゃんのほうへ歩いていく。そしてゆっくりとおばあちゃんの手をとると、ラジカセのスイッチを入れた。家がゆれるくらい大きなボリュームで音楽が鳴りひびいた。

「あんたはちっとも変わってないね」と、アガサ・フォックスがウインクをする。

「まだまだ体力は昔のままさ」

　おばあちゃんもそういうとニヤッと笑った。

　そのあと、なにもかもがいっぺんに起きた。アガサ・フォックスがおばあちゃんの手を引っぱると、おばあちゃんがくるんと一回転し、いきなりはげしくおどりはじめた。ふたりがくるくるステップをふむと、ゆかがゆれ動き、キッチンのいすがころが

った。

「ふたりとも、なにやってるの？」

　わたしはさっとわきへよけてさけんだ。

「ディスコダンスだよ。すてきで楽しくて特別なことさ！」

　おばあちゃんがきげんよく言った。

「ミャアウウウウウウウ！」

　シクステンが鳴きたてる。

　わたしはシクステンを肩に乗せると、自分の部屋へ飛びこんだ。そしてバタンとドアをしめて、ゆかにすわった。キッチンではドッタンバッタン大きな音がしている。わたしもなにか楽しいことをやろうと、ママとパパがバハマからおくってくれた、うずまき貝のスケッチブックを取り出した。さて、なにをかこうかな。

　その時、頭にうかんできたのは、ハーニンだった。黒いかみの毛で、口はうれしそうに、ニカッと横にひらいている女の子。

　野原にすわって、リュックサックから出したピスタチオの菓子パンを食べている。ピスタチオの菓子パンがどういうものなのか、よくわからないけど、そんなことかまわない。

　パンの形をかくと、茶色のカラーペンで、ていねいにぬった。

　キッチンからはあいかわらず、ドンドンバンバンという音がひびいてくる。**クックー、クックー、クックー、クックー、クックー、クックー、クックー、クックー、クックー、**という音もした。はと時計かな？　わたしは赤いペンを取り出すと、ハーニンの口びるに色をぬった。シクステンはラズベリーグミをなめることに夢中みたい。

　１時間くらいたって、わたしはキッチンにおりていくことにした。

でもいちおう、耳をふさいでいたけどね。

「もうディスコダンスはおわった？」

　わたしは声をかけた。

「まだまだおどりたりないけどね、リスベット。でもなにかおなかに入れなくちゃね」と、おばあちゃんが言う。

　キッチンは、まるで台風が通ったあとみたい。おばあちゃんたちの、ダンス台風だ。どこもかしこも家具がひっくり返っていて、はと時計までななめにかたむいていた。

　アガサ・フォックスとおばあちゃんが手をつないだまま、ソファにねころがっていた。ふたりともラズベリーグミをクチャクチャかんでいる。わたしはおばあちゃんのそばにすわって、頭をそっとおばあちゃんの肩にのせた。

　おばあちゃんはアガサ・フォックスと手をつないだまま、もうかたほうの手をわたしに回した。

　外では日がくれはじめている。

「おや、なにかがいつもとちがうね」

　おばあちゃんがそう言って、肩をすくめた。

　なにかがおかしな感じがする。わたしはまわりを見わたした。部屋はちらかっているけど、変なものはなさそう。

「なんだかしずかだよね」

　そこでわたしはあることに気がついた。

　そっか、ついにシクステンが、義足で家具をコンコンたたくのをやめたんだ！

おバカなサンバ

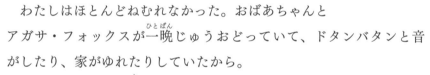

「リスベット、いそいでおいで！　朝ごはん
がなくなるよ！」

　おばあちゃんがキッチンからよんでいる。

　わたしはほとんどねむれなかった。おばあちゃんと
アガサ・フォックスが一晩じゅうおどっていて、ドタンバタンと音
がしたり、家がゆれたりしていたから。

　ぼうっとした頭で起きあがると、うさぎのスリッパに足を入れる。

　わたしの部屋のゆかは、おもしろいことをしている動物の絵で
いっぱいだ。たとえばトランプであそんでいるパンダや、大ぜいで
会議をしているサルたちとか。

　いちばんのお気にいりは、クッションの下にかくしてある、ひみ
つの絵。わたしはそれを取り出してみた。

　ハーニンがピスタチオの菓子パンを食べている絵で、そばにはゴ
ムボールをなげている2匹のユニコーンがいる。そのおでこにはし
ましまのアイスクリームコーンの角がついている。これはなかなか
いいアイデアだよね。

　ハーニンはうでにポニーのシールをはっていた。ユニコーンも好き

かな。

　8月に、学校で聞いてみようっと。

　少なくともハーニンは、ゴムボールは好きなはず。それだけは100パーセント、確実だ。

「早くおいで、おちびさん。もうそろそろぜんぶなくなっちまうよ」

　またおばあちゃんの声が聞こえた。

　わたしは大いそぎで着がえて、かみをとかした。クッションの下にひみつの絵をかくすと、キッチンへ走っていった。

　おばあちゃんは、キッチンのソファにすわって、朝ごはんを食べていた。

　アガサ・フォックスは古いざっしを見つめて、クロスワードパズルをといていた。耳ではルビーのイヤリングがゆれていて、赤いつめはするどいナイフみたい。なんだかおばあちゃんの古いトレーニングウェアにかいてある、女王さまみたいだ。

　外では太陽がかがやき、とても気持ちよさそう。それなのに、ふたりは家のなかにいる。

　テーブルにはオートミールが置いてあって、それがわたしの朝ごはん。

　わたしはオーツミルクと、大好きなレーズンを入れた。黄色いミルクの海に、つぶつぶのオートミールの島とレーズンのボートがういている。

　オートミールをスプーンでつかまえて、ずずっとすすった。アガサ・フォックスは、クロスワードパズルしか目に入っていないみたい。

「ならずものを2つの言葉で。ひとつ目は5

文字、つぎは６文字。ヴィッレン・ヴェッスランっていうどろぼうがいたね」

　アガサ・フォックスがつぶやいた。

「わたし、もうすぐ学校がはじまるの。ひとりだけクラスのなかに知っている子がいるの。ハーニンていうんだよ」

　わたしはアガサ・フォックスに話しかけた。でも聞いていないみたい。

「なにかべつの、楽しい話をしたらどうだい？　大人の女が泣くところは見たくないだろう？」と、おばあちゃんが言う。

「どうしてアガサが泣くの？」

「それはわかるだろ。学校のことを話しだしたらアガサが悲しむからさ。もうおまえに夏がこないことを、ほかのことは考えられないくらいかわいそうに思うだろうよ」

「そうなんだ。じゃあ、なにを話せばいいの？」

「なんでもいいさ」

　おばあちゃんは答えた。

　わたしはだまりこんだ。アガサ・フォックスはクロスワードパズルをといている。なんだかべつの世界にいるみたい。

「そう、じゃあおばあちゃん、今日はなにをするの？」

「やだやだ、あたしをそんないやな言葉でよばないでおくれ」

「いやな言葉って？」

「おばあちゃんさ！」

「でもあたしのおばあちゃんでしょ？　ほかになんてよべばいいの？」

「もちろんサンバキングさ！　それがあたしの名前なんだから」

「ちがうでしょ。ほんとうは、ほかになにか名前があるんでしょ」

「いいや、ほかにはないよ」

「小さいころは、なんていう名前だったのか教えてよ」

「やだやだ。あんな名前、大きらいだったよ。親っていうのはどうして子どもを持つと、なんとかしてその子におかしな名前をつけようとするのかね。赤んぼうってのは泣き声が大きいからね、親はきちんとものが考えられなくなるのかも。そうでなければどうしておまえの名前はリスベットっていうと思う？」

「きれいな名前だから？」

　わたしが言うと、おばあちゃんは笑いだした。

「その時はそうじゃなかった。おまえが生まれた時、あのふたりは頭がこんがらがっちまったんだ。そしておまえが生まれたら、左右どっちの目を先にあけたかで、左目ちゃんか右目ちゃんか、つけようとしたんだよ。でも生まれたおまえを見て、そんなのすっかりわすれちまった。そしてリスベットっていう名前になったのさ」

「それほんと？　先にあけたほうの目の名前にするって」

　わたしが聞くと、おばあちゃんはちらっと自分のひざを見た。

「左目ちゃん、右目ちゃんのことはただのあたしの思いつきかもしれないね。ずいぶんいいアイデアだもん。あたしの考えたことにちがいないね」

おばあちゃんは、自分のほんとうの名前は言わずに、いろいろなニセの名前をならべたてた。リュドミラ・ブライソビッチ、ドーラ・オリベッティ、サーラ・スベンソン、ステン・フリスクなど。
「おばあちゃんは、ほんとうの名前は教えてくれないんだね。ごまかそうとばっかりしてる」
　おばあちゃんは、ラズベリーグミをくちゃくちゃかんだり、しゃぶったりしながら、ちょっとのあいだだまりこんでいた。
「もっとおもしろいことを教えてあげるよ」
　おばあちゃんは、やっと口を開いた。
「あたしがどうしてサンバキングっていうコードネームになったのかをね」
　それこそ、わたしが今までずっと、知りたくてたまらなかったことだった。ふたりで、キッチンのテーブルの下にはいりこんですわる。そこは、お話をする時のお気にいりの場所。
　おばあちゃんがちょうど話をはじめようとした時、ひくい声がそれをさえぎった。
「おや、楽しいお話の時間のはじまりかい？」
　アガサ・フォックスがそう言いながら、テーブルクロスをめくりあげた。
「おばあちゃん……えっと、サンバキングが、どうしてこんなコードネームになったのかを話してくれるの」
「ただのでたらめを話すつもりだろ？　あたしが話したほうがいいよ。あたしはその場にいたんだから」
　アガサ・フォックスが言うと、サンバキングがすぐに言い返す。
「ふんだ。あたしが話すのはちゃんとした公式の話だよ。たったひと

つのほんものの話さ。あんたの話にはヘリコプターも車どうしの追い
かけっこも出てこないんだろ？　リスベットがたいくつでねちまう
よ」

「ねちゃったりなんかしないよ！」と、わたしは言った。

「ちょっとつめておくれ、サンバキング」

　アガサ・フォックスはそう言って、頭を下げるとすてきなヘアスタ
イルの頭をぐいっとおしこんで、わたしとおばあちゃんのあいだにす
わった。

「ミィミィミィミャウ」

　アガサが言うと、すぐにシクステンがキッチンのゆかを走ってきた。
アガサのひざに飛びのると、のどを鳴らしはじめた。

「シクステンになんて言ったの？」

「海賊ネコ語を勉強したら、あんたにもわかるようになるよ、リス
ベット。ちょっとスペイン語ににているんだよ」

「海賊ネコ語で、『こんにちは、シクステン』てなんて言うの？」

「ミィミャウア」

　アガサ・フォックスはニコッとした。

「ミィミャウア」

　わたしはシクステンにくりかえし話しかけた。するとシクステンが
うれしそうに、わたしに鼻をすりつけた。

「もっと教えて！」

　シクステンとおしゃべりできたら、どれだけ楽しいだろう。シクス
テンに、学校のことをどう思うか、絵は好きかを聞いてみたかった。

「今何時かこのネコに聞きたかったら……」

　アガサが言いかけたところで、おばあちゃんがさえぎる。

「さあ、もうシクステンのことはじゅうぶん話しただろ。そろそろあたしのことを話してもいいんじゃないか？　この子はふつうの海賊ネコで、海賊ネコ語はめずらしくもなんともないよ。あたしのコードネームの話のほうがおもしろいだろ。リスベットはそれを知りたくて、がまんできなくなっているんだから」

　そしてアガサ・フォックスが話しはじめた。

「あたしたちがいたスパイ組織は、ブラジルのサンバの女王が、じつは敵のスパイだという情報をつかんだのさ。サンバの女王はスパイなかまにひみつの手紙をわたすことになっていた。リオデジャネイロのカーニバルのまっさいちゅうにね。リオデジャネイロっていうのは、ブラジルにある大きな都市だよ。サンバキングとあたしはそのカーニバルに潜入して、サンバの女王の計画をとめることになっていた。ただひとつの問題は……」

「あたしたちがサンバをおどれないことだった！」と、おばあちゃんが口をはさむ。

「話しているのはあたしかい、それともあんたかい？」

　アガサ・フォックスが、おばあちゃんをにらみつけた。

「あんたの話は、進みがおそいんだもの」

　おばあちゃんが言うと、アガサ・フォックスも負けずに言い返す。

「あんたのかわいい小さなお口にチャックだ。そうしたらあたしがリスベットに話して聞かせるからね」

　今度はおばあちゃんがアガサ・フォックスをにらみ、こけももジャ

ムをずずっとすすった。

「あたしたちはサンバがおどれなかった。でもある小学校の、年老いた体育の先生はおどれたんだ。イェスタ・デュダメルっていう名前でね、サンバのプロで、あたしたちに熱心に教えてくれた。あたしたちは公民館で、毎日その先生にならった。何千時間もれんしゅうして、３か月後にはすっかりじょうずになっていた」

アガサ・フォックスは話をつづけた。

わたしは頭をシクステンのおなかにくっつけて、ねころがった。そのほうがよく聞こえるし、シクステンの体はあったかくて、すべすべしているから。そしてアガサ・フォックスが話をつづけるあいだ、そうっと目をつぶった。

「ほら！　リスベットがねそうじゃないか。あんたの話がたいくつなんだよ」と、おばあちゃんが言う。

「あたしはたいくつな話なんかしていないよ」

アガサ・フォックスが言い返した。

「たいくつしてないよ」

わたしはそう言って、がんばって目をあけていようとした。ふたりの言うことがそれぞれちがうからたいへん！

おばあちゃんが、わたしのまぶたをつまんだ。

「わたし、聞いてるよ」

わたしは、おばあちゃんの手をはらいのけた。でもおばあちゃんはがんこに言いはる。

「ほら、ごらんよ。これはワクワクドキドキの、おもしろい冒険物語だっていうのにさ」

アガサ・フォックスは、シッと口に指をあてると、つづけた。

「あたしたちは、衣しょうを手に入れなくちゃならなかった。サンバダンサーの衣しょうには羽根やキラキラしているスパンコールがついているからね。スパイ組織はあたしちの手伝いとして、衣しょう係をよこしたのさ。それはあんたのおばあちゃんがあたしの前につきあっていた、ナンナ・ヘンナパンナだった」

「ナンナはなにをしたの？」

「ナンナは森に出かけていって、カラスの巣をさがしたんだ。カラスはキラキラしたものが大好きで、ちょっとでもピカッとしたら、なんでも集めちまうからね。そして昔の貴族の金のかんむり、キラキラしている水晶、鳥の羽根、ねていた人の口からカラスがつつきだした金歯を見つけた。口をあけたままねているとそうなるんだよ。ナンナはスパンコールやラインストーンに見えそうなものを、ぜんぶみがいてきれいにした」

　おばあちゃんは、その時のことを思い出しているように、うなずいた。

「あたしたちが空港に着いた時には、もうほとんど時間がなかった。サンバキングとあたしは着がえるとすぐにタクシーに飛びのって、

お祭りでいちばん大きなカーニバルの行列へといそいでついていった。それこそがサンバの女王が先頭でおどっている行列だったからね。オーケストラが音楽をふき鳴らし、ダンスをする人たちが大ぜい集まっていた。そしてサンバの女王がいた！　スパンコールやエメラルドグリーンの羽根で全身をかざりたててね。今にも戦おうとする時の鳥みたいに見えたよ」

　わたしは思わず息をのむ。

「羽根が何本かサンバの女王の頭にななめにつきささっていた。そしてちょうどそこには白い紙もつきささっていたのさ。あたしたちはすぐに、それはサンバの女王が敵のスパイなかまにわたす、ひみつの手紙だってわかった。あたしたちはダンサーたちのうしろにかくれて、行列が道の半分まで進んだら、手紙をぬすもうって話し合った。女王のスパイなかまが来る前にね。これはスパイ組織があたしたちにまかせてくれた、はじめての大きな任務だった。ふたりとも、ドキドキしていた」

「それはあんたの感じたことだろ、アガサ」

　おばあちゃんは、ずずっとこけももジャムをすすりながら口をはさんだ。

「あたしはこれっぽっちもドキドキなんかしてなかったよ。つめの先ほどもね。だけどあんたったら、血を見て気ぜつしそうな吸血鬼みたいだったよ」

　おばあちゃんが笑いだし、こけももジャムが鼻のあなからふきだした。

　アガサ・フォックスはおばあちゃんをじっと見つめた。少しすると、聞こえるのはおばあちゃんがこけももジャムをすする音だけになった。

「そのあとどうなったの？　ひみつの手紙はぬすめたの？」

　わたしの質問におばあちゃんが答えた。

「あたしが話したほうがいいだろ、アガサ。あたしのほうが話すのが
うまいよ。あんたの話にはあたしがほとんど出てこないじゃないか。
リスベットが聞きたいのはあたしのことなんだよ。そうだろ、リスベ
ット。サンバキングがこの話の主人公なんだから」

「うーん、そうだね」

　わたしはためらいながら言った。ほんとうは、アガサ・フォックス
から聞きたかったから。

「ほうら、ごらん！」

　おばあちゃんは言うと、話をつづけた。

「音楽が鳴りひびき、あたしたちはおどりはじめた。でもその音楽は
なんだかおかしかったんだ。イェスタ・デュダメルにならったサンバ
の曲とはぜんぜんちがっていた。だけどあたしたちにサンバをおどら
せたら世界一だからね。なんでもないふりをして、トリプルステップ
とバックステップをふみつづけた。アガサを肩ごしにほうりなげて
キャッチして、足のあいだに通した。そしたらみんながしずまりかえ
ったんだ。あたしたちのダンスがあまりにもすばらしかったから！」

　その時おばあちゃんが、なにか言いかけたアガサ・フォックスの口
を、かた手で押さえようとした。

「それはほんの一部のことじゃないか」

　アガサ・フォックスはそう言うと、体をかたむけて、自分の口を押
さえようとしたおばあちゃんの手からにげた。

「これが公式の話だからね、アガサ」

　おばあちゃんが言う。

「あんたのおばあちゃんは自分のキャンピングカーに閉じこもって、爆発みたいなボリュームでパンクの曲をかけ、外にぜったい出ようとしなかったんだ。あたしたちが出てくるように話しかけても、返事のかわりにくつでまどガラスをたたくだけだった」

　わたしはちょっとびっくりした。

「あたし、おばあちゃんはずっとこの家に住んでいたんだと思ってた」

「おまえさんが来る前は、サンバキングはずっとキャンピングカーに住んでいたんだよ。そのほうが冒険に出るのが楽だからね」

「でも、どうしておばあちゃんは、サンバキングっていうコードネームになったの？」

「ナンナとあたしはカーニバルでのできごとについて、うそをつくことにしたんだ。みんなが思いちがいをしてるってね。あたしたちのサンバがじょうずすぎてばれたんだって。あたしとナンナはスパイ組織のみんなを言いくるめて、あんたのおばあちゃんには、サンバキングっていうコードネームをつけるべきだって言ったのさ」

「じゃあ、うそをついたの？」

　わたしは言った。

「そうだよ。あんたがうそをつくのをきらいなことは知ってるよ。サンバキングが話してくれたからね。でもこれはふつうのうそじゃない。白いうそさ。白いうそっていうのはね、だれかにいやな思いをさせない、罪のないうそさ。自分の好きな人をたすけるためにつくんだ。そのちがいがわかるかい？」

　アガサ・フォックスは、わたしの目をのぞきこんだ。

「うん！」

わたしは答えた。だって、すごくよくわかるもの。もしその場にい
たら、わたしだって白いうそをついたはず。だれかがおばあちゃんに
いじわるをするなんて、ゆるせない！
「それじゃあ、サンバキングを連れてこようか」
　アガサ・フォックスがやさしく言った。
　もちろん賛成。おばあちゃんが、悲しい思いをしているなんて、が
まんできないもん。

おしゃべりをするなべ

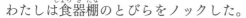

「外に出てきてよ。おばあちゃんが、食器
棚にかくれていることは、知ってるよ」

　わたしは食器棚のとびらをノックした。

「食器棚のなかはもぬけのからだよ。あたしはこ
んなところになんかいないよ」

　棚のなかから、小さな声がする。

「じゃあ、わたしはだれと話してるの？」

「おしゃべりするなべに決まってるだろ」と、おばあちゃんが言った。

「ほらもう、いいかげんにして、おばあちゃん。おばあちゃんがそ
こにいるのは、わかってるんだから」

「いやだよ、だっておまえはあたしのことを、サンバキングとはよ
んでくれないじゃないか。あんなに、一生けんめいたのんだのにさ。
そのいやな名前でよぶじゃないか。おばあちゃんってさ！」

「だって、わたしのおばあちゃんだもの」

　わたしはおばあちゃんがなにが言いたいのかを、よくわからずに
答えた。

「そうだね。でもあたしはただのおばあちゃんじゃなくて、ありと

あらゆることができるんだよ。ひみつのスパイやガールスカウトや……。それにラズベリーグミが大好きだし、この魅力でだれにでも愛されるんだから。詩の世界チャンピオンでもあるんだよ。とにかく王さまなんだ！　いろいろなことのね！　なにをやってもじょうずなんだから。だからおまえにサンバキングってよんでほしいんだよ」

「ごめんね、サンバキング」

　わたしは食器棚にむかって言った。

「なにかがほかの人よりできないなんて、ちっとも楽しくないよ、リスベット。おまえにはそれがどんな気持ちかわからないだろうね。おまえはなんだって一番なんだから。銀の魚のバッジをもらったし、海賊ネコ語をならいはじめたし、絵をかくのだってすごくじょうずだ。でもあたしはなにかで一番じゃないと、悲しいんだよ。いつも一番でいるのが好きなんだよ。そうしたらみんなに好きになってもらえるだろう？」

　わたしは急に、おばあちゃんがどうしていつも、ズルをしたりうそをついたりするのかわかった。みんなから好かれたかったんだ。

　でも、そんなことしなくても、わたしがだれより好きなのはおばあちゃんなんだってことが、おばあちゃんにはわかっていないみたい。

　それにおばあちゃんのズルやうそに、あきあきしているんだってことも。わたしはなにかで一番でなくても、おばあちゃんが大好きだ。わたしのおばあちゃんなんだから。

　わたしがどうよんでも、それは関係ない。わたしにとって、おばあちゃんはいつでもすてきで特別なんだ。

「わたしは、なにかがへたでも、おばあちゃんが大好きだよ」

「あたしは、そんなにへたなことが多いのかい？」

おばあちゃんの声がなみだでふるえているのが、わかった。
「そんなことないよ。おばあちゃんは、ほとんどどんなことでも、とってもじょうずだよ。たぶんサンバはそうでもないかもしれないけど、でも……」
「アガサがそう言ったのかい？」
　おばあちゃんがクスンとはなをすすった。
「うん」
「おバカなサンバのこともかい？」
　わたしはうなずいた。あいかわらず食器棚のなかにかくれているおばあちゃんには、見えていないけど。
「でもさ、アガサがなんて言ったか知ってる？」と、わたしは言った。
「いいや、知らないね。人の考えなんて読めないからね。そんなこともできないんだ。あたしは価値がない、ふつうの人なんだよ」
　おばあちゃんはそう言って、泣きだした。
「アガサはね、おばあちゃんはブギウギがすっごくじょうずだったって言ってたよ」
　おばあちゃんは食器棚のなかで、ほんとうに大声でウォンウォン泣いていた。この泣き声より大きな声を出すのは、むずかしかった。
「世界一だよ！」
　わたしはおなかの底から、大きな声で言った。
　アガサ・フォックスはテーブルのそばに立ち、わたしにむかって親指を立ててみせた。わたしも親指を立て返す。
　おばあちゃんが泣きやみ、食器棚のなかがしずまった。
　ギッと音を立てて、食器棚のとびらが、ちょっとだけ開くと、おばあちゃんが鼻の先だけ、外に出した。

「ほんとにそう思うかい？　あたしは世界一ブギウギがうまいって？」

「そうだよ。だれよりじょうずだよ。世界でも宇宙でも」

わたしはつけくわえた。だって、宇宙で一番のブギウギダンサーだって言わなきゃ、おばあちゃんは納得しないからね。それからわたしは言った。

「はい、流れ星キラキラ飛んでった！」

いつもおばあちゃんが言っているように。

おばあちゃんは大きな音をたてて、バスローブではなをかんだ。

「そうだとも。あたしのブギウギはほんとに世界一さ。よし……オーケー、わかったよ。ここから出るよ！」

おばあちゃんは食器棚のとびらを開けて、サッと外に飛びだした。

ドン！

ゆかのまんなかに、もくもくと小麦粉の雲が立ちのぼり、おばあちゃんがニヤッと笑いながら着地した。みんな、体じゅうまっ白。

おばあちゃんのかみの毛から、ラズベリーグミがいくつか飛びだして、ゆかに落ちた。

その時、わたしはあることに思いあたった。

「アガサはひみつのスパイになる前、なんていう名前だったの？」

「それをばらす時には、言ったあたしも聞いたあんたも、死の谷に行くことになるよ、リスベット。かわいい孫を連れていかれるのはサンバキングも望まないと思うけどね」

「死の谷にこけももジャムがあるんだったら、あたしもいっしょに

行くよ」

　おばあちゃんはそう言うと、バスローブから小麦粉をパッパッとはらった。

「あたしだけ置いていかれるなんて、つまらないし不公平だろ？」

「死の谷ってなに？」

　わたしは聞いてみた。

　アガサ・フォックスがため息をつく。

「あたしが言いたいのはね、あたしのほんとの名前を知ったら、あんたを殺さなくちゃならないってことさ！」

「えんりょしとく」

　わたしはちょっとブルッとした。

「あたしもえんりょするよ」

　おばあちゃんは、いつもとちがって、わたしに賛成してくれた。

「もしどうしても知りたいっていうならね、あたしの昔の名前は、ソルブリット・ヨハンソンだよ」

　アガサ・フォックスが言った。

「ちょっと、あんた……」

　おばあちゃんが言葉につまると、アガサ・フォックスがニカッと笑う。

「いったいなにを……」

　おばあちゃんがなおもつぶやくと、アガサ・フォックスは、さらにニカッと笑った。

「とにかく、そうしてあたしはサンバキングっていうコードネームになったのさ」

　おばあちゃんが、顔を赤くしながら言った。

「それまでだれももらったことがないような、すてきな名前だよ。

どんな名前よりいいだろう。とくに、アガサ・フォックスよりはね」

　おばあちゃんはふるえる手でいくつかラズベリーグミをつまみ出し、口に押しこんだ。

「ソルブリット・ヨハンソンて、おばあちゃんのもとの名前？」

「なんだって？　そんな名前、聞いたこともないよ」

　おばあちゃんはそう言いながら、ちらっと自分のひざを見た。

「だがシャンティ・ナイールっていう名前ならよく知っているよ。あんたの昔の名前じゃなかったっけ、アガサ？」

「口を閉じてな、サンバキング。でなけりゃあたしたちは三人ともトランクに服をつめて、死の谷へツアー旅行に出かけることになるよ。きっと団体割引きが使えるだろうさ」

　おばあちゃんとアガサがこわい顔でにらみ合っていると、そこでシクステンがミィっと鳴いた。

「ミャウウ、ミャウウ」とアガサ・フォックスが言うと、シクステンがどこかへ走っていった。もどってきた時には、よたよたしながら鼻先にラズベリーグミをのせていて、シクステンが頭を下げると、ちょうどおばあちゃんとアガサのあいだにころがった。

「なかなおりのプレゼントだ」

　アガサ・フォックスがそのラズベリーグミをひろいあげ、おばあちゃんにさしだした。

「オッケー、そうしようかね。このラズベリーグミにはよけいに砂糖のつぶがかかっているみたいだし」

　おばあちゃんは、ラズベリーグミを受けとって、ぽいっと口にほうりこんだ。

「そりゃあそうだ。シクステンに、いちばんおいしそうなのを持って

くるようにたのんだんだから。ほかのどれより変わっていて特別なやつを。あんたみたいにね、サンバキング」

アガサ・フォックスがそう言って、長いことおばあちゃんを見つめた。

わたしは急に、ふたりがどんな名前だったかなんて、どうでもよくなった。どんな名前でも、けっきょくは同じ人なんだから。でも、おばあちゃんは、サンバキングっていう名前なのに、ちっともサンバをおどれないの？って、考えずにはいられなかった。

「それじゃあおばあちゃんは、サンバはぜんぜんおどれないの？これっぽっちも？」

おばあちゃんは首を横にふった。

「でもあたしは、世界一ブギウギがうまいんだよ！」

アガサ・フォックスとおばあちゃんは、サンバの行列で、ほんとうはなにが起こったのか、ぜったいにだれにも話さないようにわたしに約束させた。

「そしておまえさんは、ソルブリット・ヨハンソンとシャンティ・ナイールなんて名前は聞いたこともない。わかったね？」

アガサ・フォックスが言った。

「わかった」

わたしはうなずいた。

そのあとはふたりとも、ひみつを守るようにわたしをおどしたことなんか、わすれてしまったみたいだった。アガサ・フォックスはおばあちゃんに目くばせした。

「リスベットに見せてあげようか」

　ふたりはサンバの衣しょうに着がえてくれた。ふたりが動くとかざりがぶつかり合うチリンチリンという音や、布がすれ合うサラサラという音がする。とくにわたしが好きなのは、きれいな色の宝石。おばあちゃんのかみの毛の上で、ダイヤみたいにキラキラかがやいている。

「それじゃあリスベット、おまえにブギウギのかんたんなステップを教えるからね！」

　おばあちゃんはそう言うと、わたしを頭の上にほうりなげた。

キャベツを食べたい
キンギョソウ

　目がさめると、家のなかがしずまりかえっていた。つまりおばあちゃんが、どこかへ出かけているってこと。もうアガサ・フォックスもいないみたいだった。

　キッチンのテーブルの上に、1まいのメモがのっていた。

あたしは密売人のフフロースカヤのところ。
ラズベリーグミとこけももジャムを
とりにいってくる。
アガサはひみつの任務に出かけたよ。
なんでも好きなことをしていいよ。
でもミヤコドリだけはかかないようにね。
あとでね、おちびさん！

密売人ていうのは、ほかの国からこっそりなにかを持ってくる人たちのことだ。おばあちゃんは昔フクロースカヤの仕事を手伝っていて、ハバナでの任務のあいだにものすごい量のキューバ産のたばこを、こっそり買い入れて、フクロースカヤにわたしたんだって。フクロースカヤはそれをお金持ちの人々に売りさばいて大もうけをした。

「どのくらいたくさんかは言わないよ、リスベット。スパイってのは、ひみつをもらしちゃいけないんだから。でも1万5807本はあったね」

と、おばあちゃんが言っていた。

　そのお礼としてフクロースカヤはラズベリーグミとこけももジャムを10年間、おばあちゃんがほしいだけただでくれることになっていて、おばあちゃんはそれを毎月取りにいく。こけももジャムとラズベリーグミをいくらでも食べられるのはこういうわけだ。ふつうのスーパーマーケットには、そんなにたくさん置いていないもんね。

　でもおばあちゃんがキューバ産のたばこを、こっそり買い入れてから、もう12年すぎているらしい。

「何年すぎたかなんて、フクロースカヤはおぼえちゃいないのさ」

　わたしが前に聞いた時、おばあちゃんはそう言って、ニカッと笑った。

　だからあいかわらず、こけももジャムとラズベリーグミをただで手に入れているというわけ。

　おばあちゃんからのメモをめくるとうらには、こんなふうに書いてあった。

PS. 学校のことなんて考えるんじゃないよ。もっと楽しいことを考えるんだよ

わたしはすぐに、学校のことを考えはじめた。オーツミルクとレーズンを入れたオートミールを作っているあいだも、頭は学校のことでいっぱいだ。

　わたしは学校に行きはじめるのが、そんなにいやなことだと思わない。それどころか、なんだか楽しそう。

　でもおばあちゃんにとってはすごくいやなことみたい。学校について話そうとするたびに悲しそうな顔になる。

　わたしにとって楽しいことが、おばあちゃんにとっては悲しいことだなんて、なんだか変。

　でもわたしがそれより心配なのは、好きなように絵をかけなくなること。どんなものも見たまんまのことしかかいちゃいけないなんて、ぜったいいや！

　ソファにすわって、足をぶらぶらさせていると、シクステンが通りかかった。がんたいの問題が解決してからというもの、すっかりおとなしくなった。わたしが朝ごはんを食べているあいだ、シクステンも自分の朝ごはんを食べている。シクステンが食べているのは、ネコ用のフードボウルに山もりになった、ラズベリーグミ。

「ミィミャウア」

　わたしが言うと、シクステンが返事をしたので、なんだかおかしくなって笑ってしまった。シクステンは、目をパチッとした。

　おばあちゃんが、なにかかくしごとをしていたり、おもしろいことがあったり、ただやさしくしたい時にウインクをするように。シクステンと話すのはおもしろいけど、それほど話すことはできない。

何回か「ミィミャウア」と、シクステンに話しかけると返事をしてくれたけど、だんだんあきてきたので、わたしは自分の部屋にもどることにした。

　それから、紙とカラーペンを持って、おばあちゃんのテントに行き、毛布と特別に大きな本を持ち出した。わたしが見つけたなかでいちばん大きな本は、植物ずかんで、それをつくえがわりに使うつもりだった。

　太陽はかがやき、世界で最後の夏がおわろうとしていた。おばあちゃんが冒険に出かけているからといって、家のなかでうじうじしているわけにはいかない。わたしはもう小さい子じゃないんだから、自分でなにをするか、考えるいいチャンスだ。そしてやりたいのは、ほんとうの世界にはないような、おもしろいものをいっぱいかくこと。

　見たまんまのほんとうのものなんて、かきたくない！　なにもかもが、夢で思いつきで、楽しいことばかりをかくの。

　絵をかくのに、いちばんいい場所をえらんだ。それはおばあちゃんとわたしがいつもねころがって、木の枝を見上げている、トチノキの下。

　花はもうおちてしまって、のこっているのは葉っぱだけだった。それにいつの間にか、トゲトゲがついたこい緑のボールもついている。なかには茶色いトチの実が入っているんだ。わたしは地面に落ちていた緑のボールをひとつ、手のひらでころがしてみた。ちょっとチ

クチクする。

　わたしはハーニンのことを考えた。いまハーニンはなにをしているんだろう？　おふろに入っているのかな？　それともジュースをのんでいるかもしれない。

　またはどこかに旅行に行っているのかも。スウェーデンのシェーブデか……タイのバンコクだったらすてきだな。おばあちゃんは、わたしが生まれる前に、タイに旅行で行ったことがあるんだって。

　ハーニンのことはあんまり知らないから、8月になったら聞いてみようと思いついた。

　テントから持ってきた植物の本をぱらぱらめくってみた。植物って見かけはたいしてふしぎじゃないけど、すごくおもしろい名前がついている。

　まっさきにかいたのは、キャベツを食べようとしているキンギョソウの絵。なんでこんな名前かっていうと、キンギョみたいな形の花がいっぱいならんでいるからなんだって。わたしはブルブルふるえるキャベツにむかって大きな口をあけているキンギョソウをかくと、キャベツのそばにはフキダシをつけて、「たすけて！」と書きたした。

　それから画用紙の両はしに、サーカスみたいな赤いひらひらしたたれ幕をかいた。『空飛ぶ子犬たち』には、こういうサーカスのたれ幕が出てくる。

　わたしはかいた絵を頭の上にかざしてみた。ほんものの絵かきさんが自分の絵をチェックする時みたいに。ママとパパがおくってきた本のなかで、絵かきさんがそうやっているのを見たことがある。

　わたしのかいた絵のなかで、だれも笑っていないことなんて、めったにない。わたしの絵に出てくる登場人物は、みんな楽しそうにし

ている。でもこの絵は、どちらか
と言えば、みんなこわがってい
る。ただし、キャベツを食べよ
うと、ニタッとしているキン
ギョソウはべつだけどね。

　わたしは黒いペンを取
り出し、キャベツに笑っている口
をつけてみた。ぜんぜん楽しそうじゃない、もっとおそろしい絵に
なってしまった。ブルブルふるえているキャベツが、むりに笑おう
としているみたい。

　そこで、自分の大きな花を楽器にして演奏している、エンジェル
トランペットもかきたした。

　つまりトランペットをふいているエンジェルではなくて、トラン
ペットみたいな形をした、エンジェルトランペットという名前の花だ。
花の先には、黒ペンで音符をかいた。

　すいれん、赤くなったキャベツ、おじいさんのヒゲみたいに長く
なったこけ、スラップスティックという楽器もかいた。それに肥料も。

　一日が、あっという間にすぎていった。絵をかいていると、すぐ
に時間がたつ。作っておいたサンドイッチも、木の下にねそべって
絵をかきながら食べた。そして、かいた絵を毛布の上にぜんぶ広げ
てみた。

　たくさんの絵ができた！

　絵はぜんぶ、わたしが想像でかいたもの。どれもほんとうにある
ものとは、まったくちがう。ほんとうのものよりもずっとすてきで、
ずっとずっとおもしろいんだから！

わたしは自分のかいた絵を見わたして、はあっとため息をついた。

もうすぐこんなふうにかくことは、できなくなっちゃうんだ……。

　目をつぶって考えていた時、おばあちゃんの元気な口ぶえが聞こえ

てきた。

ピューピューピューピューピーピューピイイーピューピーピュー

ピューピュウウウー！

　おばあちゃんは自転車レースの時のようなはやさで、自転車をこい

でいた。赤いイナズマが通ると、道で小石がはねる。

　おばあちゃんはわたしを見ると、パッと顔をかがやかせ、手をふっ

た。荷台にはすごく大きなトランクがのっている。

「ヤッホー、リスベット！」

ちょうどよく特別

トランクはラズベリーグミとジャムでいっぱいだった。おばあちゃんはいくつかラズベリーグミを口にほうりこむと、ジャムを食料棚に入れ、のこりのラズベリーグミをマットレスのなかにかくした。そしてわたしのところに来ると、たくさんの絵をながめた。

「もうすぐだね。来月には学校がはじまるよ」

楽しそうなようすはきえて、おばあちゃんはまじめな顔で言った。

わたしはうなずいて、自分の絵を見わたした。

すると、今まで感じたことがないような気持ちが、波のようにわきあがってきた。もう自分の好きに、絵をかくことができないなんて。それを考えると、悲しくなる。

おばあちゃんが、「もうなにかができない」という気持ちを、ゆううつというのだと教えてくれた。

「よしよし、まだ夏はおわってないよ」

おばあちゃんは、毛布にたくさんならべた、絵のまわりを歩きまわって、ジロジロとながめた。おばあちゃんがいちばん気にいったのは、「たすけて！」とさけんでいるキャベツの絵だった。

「キャベツを食べようとしているキンギョソウだね。これは悪くないね。ほんとうには起こらなくても、頭のなかで思いえがいた世界のほうが、なんでもおもしろいのさ」

　おばあちゃんは、花の楽器を演奏しているエンジェルトランペットを見て、鼻歌をうたいながらうなずいた。

「学校では自分の好きな絵をかけないっていうのは、ほんとなの？」

　わたしはおばあちゃんに聞いた。

「あたしは自分の知っていることを言ってるのさ。そしてほかの大ぜいの人よりも、たくさんのことを知っているんだ。だから、これはたしかだよ、リスベット。でもあたしはまだ、学校のいちばんひどいところは話していない」

　おばあちゃんは、ラズベリーグミをひとついじりだすと、だまりこんだ。

「いちばんひどいところってなあに？」

「いちばんひどいのは、おまえがもう、頭のなかで思いついた世界を、絵にかくことができなくなるってことじゃないんだ。そういうことを、したがらなくなるってことさ、リスベット」

「えー、そんなことぜったいない！　わたしは頭のなかで思いついた世界の絵をこれからもずーっとかいてくもん！」

「いいや、学校っていうところは、ほかの子と同じことをしたくなるように、おまえを変えてしまうんだ。こうだったらいいのにっていう想像した世界のかわりに、見たまんまのそのままをかくように仕むけるのさ」

「わたしは変わったりしないよ。わたしはずっとわたしだよ。おばあちゃんが、なんと言っても！」

「もうこんなふうに絵をかくことはできない」という不安な気持ちが、波のようにおしよせてきて、今までよりもっと悲しくなった。むねがドキドキして、わたしのほっぺたになみだが流れた。

「でも、ほかの子と同じっていうのも、そんなに悪いことじゃないよ。みんなもこっそり、頭のなかで思いついた世界をかいているよ、きっと学校のあとにとか。それに、もしウソの世界の絵をかいていたとしても、悪い子ってことじゃないよね」

わたしがそう言うと、おばあちゃんがキッとにらみつけてきた。そしてわたしは自分でもびっくりするほど大きな声で言った。

「今いじわるなのは、サンバキングだよ！　すっごくいじわる。ほんとに」

わたしは、地面を見た。こんなふうにいじわるになったおばあちゃんは、見たくなかったから。

その時、ラズベリーグミのあまいにおいがただよってきた。おばあちゃんはなにも言わずに、わたしの前でしゃがんでいて、頭がすぐ目の前にあった。おばあちゃんがそんなことをするなんて、めったにない。

ほんのちょっと時がすぎ、わたしのなかで、ゆううつがわき上がるのはおさまった。ほんのちょっと、ピチャッピチャッとはねるくらいになった。

やがてそれもすっかりおさまり、おばあちゃんがわたしを見上げて言った。

「そうだね。あたしがずいぶんいじわるだったよ。ごめんね、リスベット。でもこのことをほかの人に話さないでおくれ。あたしはまちがうことが、きらいだからね」

　わたしはおどろいて、なんて言ったらいいのか、わからなかった。いつもはぜったいに、自分がまちがったことをみとめないおばあちゃんが、そんなことを言うなんて！

「考えてみれば、大人が全員、夢を見ることをやめてしまうわけじゃないからね。なかにはずっと自分の夢を追いかけている人もいて、そういう人の目からは、夢がふき出しているからね。まるでピンク色のわたがしみたいにさ」

　おばあちゃんが、まじめくさった顔で言った。

「わたしは楽しいことを思いつくのを、ぜったいやめたりしないよ」

　わたしは、おばあちゃんを見つめた。1ミリもそらすことなく、視線がおばあちゃんの頭をつきぬけて、ライラックのしげみまでとどくようにしっかりと。強く、まっすぐつきぬけるように！　おばあちゃんもそれを感じたのか、なんだかもじもじしはじめた。

「ナンナはほかの人とはちがうでしょ。それにおばあちゃんも、アガサだって。それにほんとうは、ホルムベリー先生もね。ほかの人と、にている人なんかいないよね。みんな、それぞれ特別だよね」

　わたしが言ったことに、おばあちゃんも賛成してくれた。

「みんなちがっているのはすてきなことだね」そう言って、わたしのほっぺたをなでた。

　でもやっぱり、わたしがほかのみんなと、にたような子になってしまうのがこわいみたい。大きくなったら、ほかの人と同じようなことをしたがるんじゃないかってね。

「でもおばあちゃんだってわかるでしょ。わたしはほかの人と同じようなこともしたい。ほんのちょっと特別で、変わっているのがいいの。ちょうどよく特別なのがね」

「やれやれ」

　おばあちゃんは、芝生にペッとつばをはいた。

「ちょうどよくなんて言うもんじゃないよ。それだったら、クソッタレって言うほうがまだましさ。どんな言葉だって、『ちょうどよく』よりはましなんだからね」

　おばあちゃんの言ったことに、腹がたった。わたしは自分の絵をかき集め、家にむかってずんずんと歩いていった。おばあちゃんなんてトチノキの下にすわって、たくさんのフクロウたちが飛んでくるまで、そこにいればいい。そうなったらホーホーっていくら鳴きまねをしてもむだなんだから！

2分の1クリスマスイブ

　わたしはベッドにねころがって、まくらをたたいていた。まくらみたいなやわらかくて、生きてはいないものならたたいたっていいはずだ。だからわたしは思いっきり強く、たたいた。何度も何度も。すごくムカムカして、いちばんいきおいよくまくらをたたいた時、ドアをノックする音がした。

「リスベット、なにをしているんだい？」

　おばあちゃんがドアのむこうから言った。

「べつになんにも」

　わたしは、かべにむかってボンッとまくらをなげた。

「少なくとも、おばあちゃんが気にするようなことはなんにもね！」

「ねえ、リスベット。あることに気がついたんだけど。あんたには、あたしにおこっている時間なんかないはずだよ。今日がなんの日か、わからないのかい？」

　わたしにはもちろん、おばあちゃんにおこる時間がある。この夏のあいだずっと、おばあちゃんをおこっていたっていい。学校がはじまる８月31日までだって。それから学校でだっておばあちゃんをおこっていられるし、来年の夏休みのあいだだっておこっていられるんだから。

2年生になったって、そのつぎの夏休みもおばあちゃんをおこっていられる。時間なんて、いくらだってある。一生おこっていたっていいんだから。

「いいかげんにおし、おちびさん。今日は特別な日なんだから」と、おばあちゃんが言った。

　わたしはちょっと考えた。ほんとうはまだイライラしていたんだけど。

　でもなんの日なのか知りたくなった。べつに聞いてみたっていいよね？　そのあと、まだおこりつづけたってかまわないんだし。

「だれかのたんじょう日？」

　わたしはおこった声でドアのむこうにいるおばあちゃんに言った。

「ああ、それはたしかだね。世界のどこかではだれかがたんじょう日を祝ってるだろうさ。少なくともひとりぐらいは100歳をむかえているだろ。でも今日が特別なのは、それじゃないよ」

「ママとパパが、バハマからごめんなさいって言ってきたの？」

「まさか。この世界はそこまで、ひっくり返っちゃいないよ。ほかのことで、特別な日なのさ。カレンダーを見てごらん」

　おばあちゃんの言葉で、わたしはすっかり知りたくなって、ベッドから起きあがった。まだおこったままだったから、ドンドンと足音をたててカレンダーのところへ行き、そして今日が７月24日だって気がついた。

「今日は２分の１クリスマスイブだ！　どうしてすぐに言ってくれなかったの？」

　わたしは、大声で言った。

もちろん、もうおこってなんていられない。だって２分の１クリスマスイブにおこっていたい人なんていないんだから。

　２分の１クリスマスイブはとってもすてきな日。７月24日に毎年お祝いするんだけど、ちょっとクリスマスみたいな日なの。

「12月のクリスマスイブより、２分の１クリスマスイブのほうが特別だよ」

　おばあちゃんはいつも言っている。

　２分の１クリスマスイブというのは、おばあちゃんとナンナ・ヘンナパンナが恋人どうしだったころ、ふたりで思いついた特別な日だ。

　ふたりはクリスマスがあんまり好きじゃなかったんだって。クリスマスで大事なのはお金をつかうことで、しかもみんなが同じような顔をしていなくちゃならない。つまりできるだけ、にっこりしているってこと。

　２分の１クリスマスイブの時には、むりににっこりしていなくてもかまわない。でもけっきょくはにっこりしちゃうんだけどね。

　おばあちゃんがアガサと恋に落ちたせいで、ナンナ・ヘンナパンナとはわかれちゃったんだけど、今もあいかわらず友だちだし、２分の１クリスマスイブだけは毎年ナンナといっしょにお祝いしている。もちろんわたしも、生まれてからはずっと、お祝いに参加している。お祝いの方法は、毎年変わる。12月のクリスマスもテレビを見たり、プレゼント交かんをしたりして、ちょっとはお祝いするんだけどね。

　でも２分の１クリスマスのほうが、ずっと楽しい。

「２分の１クリスマスイブおめでとう、リスベット」

　おばあちゃんがドアのむこうから言った。

「出ておいで。もうすぐナンナが来るよ。かざりつけをしなくちゃ」

　わたしは地下室に走っていって、２分の
１クリスマス用のサンタクロース人形をい
くつも持ってきた。

　このサンタクロースたちは、ふつうのクリ
スマスのサンタに見えるけど、こっちのほう
がすてき。長いひげに小さな花をさしていて、それにわたしがサン
タたちの口を大きくかきたしたから、楽しそうな顔に見える。

　サンタクロースたちを、ライラックのしげみのまわりに置いた。
２分の１クリスマスイブの時には、パラソルとか、なにかいちばん
きれいなものにかざりつけをして、それを２分の１クリスマスツ
リーとよぶ。

「今年はライラックのしげみを２分の１クリスマスツリーにしよう」

　わたしは言った。

「いいものをえらんだね、リスベット。すばらしいよ」

　おばあちゃんは、古い羽根のショールと、細いライフル銃を持っ
てきた。

「おばあちゃん、２分の１クリスマスツリーにはライフル銃よりペ
ンをかざるのはどう？　ペンは剣よりも強しっていつも言っている
じゃない」

「ええと……そうだね……ちょうどいくつかペンを持ってくるとこ
ろだったんだよ」

　おばあちゃんが、ちらっと自分のひざとライフル銃を見た。

　わたしは、自分のかいた絵をたくさん持ってきた。そのなかの１
まいは、ひみつの絵で、ハーニンをかいたものだ。ハーニンの目はわ
たしの空想に出てきた時みたいに、やさしくかがやいていて見える

ように、キラキラペンでぬってある。画用紙にしわがよってしまった
けど、やっぱりすてき。

　わたしは、この絵をだれにも見られないように、大きなモミの木の
ねもとにかくした。それから2分の1クリスマスツリーに、笑ってい
るピザや、おどっているきゅうりや、くすくす笑いながら木にのぼっ
ているクッキーの絵をかざった。

　おばあちゃんはライラックの葉っぱに、ラズベリーグミをテープで
とめている。シクステンは海賊サーベルをくわえて走ってきて、ライ
ラックの枝の上に、鼻でつついてのせた。

「リスベット、いちばん上にはなにをかざろうか」

「トップにはいちばんすてきなものをかざらなくちゃ。おばあちゃん
のクロコダイルもようのドレスが冬のあいだにやぶけちゃったのはざ
んねんだね。あれをかざられたらよかったのに」

　おばあちゃんはなにかがひらめいたのか、わたしをだきあげた。そ
してライラックの木のてっぺんにかざろうとした。

「なにをするの！　やめて！　やめて、こわいよ」

　わたしはひめいをあげた。ライラックの細い枝にのるなんて、体
重オーバーだ。

「じっとしてな、リスベット！　しっかり枝をつかむんだよ」

　2分の1クリスマスツリーにかざられるなんていや！　しかもてっ
ぺんに！

　わたしは地面におろしてくれるまで、おばあちゃんをたたきつづけた。

「なんで、こんなことするの？」

　心臓が、いつもの2倍のはやさでドキドキしている。

「わからないのかい？　あんたが言ったんじゃないか。ツリーの

てっぺんにはいちばんすてきなものをかざるんだって。あたしが持っているなかで、なによりすてきなのは、おまえだって気がついたんだよ！」

　おばあちゃんは答えた。

「ほんとうにそう思う？」

「もちろんだとも！　あたしはほんとのことしか言わないよ」

　その時わたしは、あることを思いついた。

「サンバキング、今年はわたしのお気に入りをツリーのてっぺんにかざっていい？」

「もちろんだとも」

　おばあちゃんはやっぱりやさしい人で、ときどきはほかの人にもなにかを決めさせてくれる。

　できればハーニンの絵をツリーのてっぺんにかざりたかったんだけど、そうするとおばあちゃんが、やきもちをやくことがわかっていたから、2番目に気にいっているものをえらんだ。

　わたしが銀の魚のバッジと虫めがねを持っていくと、おばあちゃんはとてもいいアイデアだと言って、このふたつをツリーのてっぺんにかざるのを手伝ってくれた。

「どうしてリスベットはこんなにかしこいんだろうね。あたしから受けついだわけじゃないだろう。だってあたしのかしこさは、ちゃんとこの頭のなかにのこっているんだから」

　その時、フェンスのむこうに住むおとなりさんが、自分の家のまどをいきおいよく開け、身をのりだした。

「いったいなにが起きてるんだ。いったいありゃなんだ？」

おとなりさんがどなりながら、門のところへとやってきた自転車を指さした。

　自転車そのものは、おかしくもなんともない。おかしいのは、はためく白いシーツをかぶって、自転車に乗っている人だった。あんなおかしな人は、ナンナ・ヘンナパンナしかいない。ナンナは仮そうをするのが大好きなんだ。

「あの人はナンナ・ヘンナパンナだよ！」

　わたしはおとなりさんに教えてあげた。

「なんだって？　なんのパンナコッタ？」

「ちがうよ、あの人はナンナ・ヘンナパンナっていうの！」

　おとなりさんはもうまどをバタンと閉めて、カーテンをおろしていた。自転車とシーツが近づくと、こんな口ぶえが聞こえてきた。

ピューピューピューピューピーピューピイイーピューピーピューピューピュウウ！

「２分の１クリスマスイブ、おめでとう！」

　ナンナ・ヘンナパンナは大声でさけびながら、シーツをなびかせて庭に入ってきた。

　ナンナは自転車からおりると、トチノキの下にとめた。

「どうしておばけのかっこうをしているの？」

　わたしはまじまじとナンナをながめた。

「いいえ、わたしはおばけじゃないわ。ひみつの日記の白いページよ。そうは見えない？」と、ナンナ・ヘンナパンナが答える。

　わたしは頭を横にふった。

「あなたはなんのかっこうをしているの？　リスベット」

「わたしはべつになんのかっこうもしていないよ。わたし自身なの」

「あら、変ね。言っちゃわるいけど、そんなふわふわズボンとスウェットを着ているから、モンスターの仮そうでもしているのかと思ったわよ」

ナンナ・ヘンナパンナは、ふふっとミステリアスに笑った。

「そうかな？」

わたしはほかになんて言ったらいいかわからなかった。

おばあちゃんとわたしは、ナンナ・ヘンナパンナに２分の１クリスマスツリーを見せることにした。

「デコレーションケーキみたいにきれいね」

ナンナ・ヘンナパンナが、そうっとライラックのしげみの葉っぱをつつく。

「わたしもこの木にかざるものを持ってきたのよ」

シーツのなかからナンナが取り出したのは、ラズベリーグミのにおいがする、ピンク色のふうとうだった。なかに入っていたのは、ふたりがつきあっていたころに、ナンナがおばあちゃんのために書いた詩。

タイトルは『わたしの心の王さま』だ。

「やっとあたしについて書いたものが出てきたね。読みあげておくれ」

おばあちゃんがうれしそうに言うと、ナンナが読み上げた。

愛するラズベリーグミの恋人
あなたの心がわたしとともにあるように
あなたは火薬と戦いのにおいがする
あなたとならどんな道でも進んでいけるだろう

145

たのもしい恋人は　心のよりどころ

あなたのダンスに心がおどる

あなたはわたしの心の王さまだ
あなたを見ていると　心も体も若がえる
たのもしい恋人は　心のよりどころ

おばあちゃんは拍手をして、ナンナ・ヘンナパンナにだきついた。
「なんてきれい。ほんものの詩人みたい」と、わたしも拍手した。
「友情と愛情は、人生の花たばだものね」

ナンナ・ヘンナパンナはそう言って、ちょっとはずかしそうにほっ
ぺたを赤くした。

ナンナはふうとうに詩をもどすと、2分の1クリスマスツリーにか
ざった。

「それじゃあ、これからなにをする？」

わたしが聞くと、おばあちゃんがニカッと笑って答えた。

「自分の知っているいちばん楽しいことさ！」

それがスタートの合図！　わたしはペンと紙を取りに、おばあちゃ
んはスパイ道具の説明書を取りにダッシュした。ナンナ・ヘンナパン
ナは地下室にあるおばあちゃんの衣しょうだんすへ飛んでいった。

そしてキッチンに集まった。ナンナ・ヘンナパンナはありとあらゆ
るおかしな仮そうをして、ファッションショーをはじめた。カヌー人
間、着ぐるみのクマ、ライフル銃を持った兵士とか、とにかくいろい
ろ！

「すばらしいよ」

　おばあちゃんが言う。

「そうだね、とっても」

　わたしも賛成だった。

　わたしは絵をかくことに夢中になった。おばあちゃんはキッチンの
ソファにねころがって、スパイ道具の説明書を読んでいる。シクステ
ンはおひるねがしたくなったようで、おばあちゃんのおなかにぴった
りくっついて、ねむってしまった。すぐにかわいいいびきが聞こえて
きた。

　ナンナ・ヘンナパンナが、くぎとわたしの乳歯で首かざりを作って
いるあいだ、わたしは絵をかいていた。学校がはじまるまで、もうあ
まり時間がないもんね。そうなったらもう、見たまんまのたいくつな
絵しかかけなくなっちゃう。

「あなたはほんとうにゆかいな絵をかくわね、リスベット」

　ナンナ・ヘンナパンナが、じっくりとわたしの絵をながめる。

　わたしはすごいはやさで、絵をかいていた。たがいちがいに、とな
りあってねているニンジンたち、ホッケーを楽しむスズメたち、それ
に、わたしの正体はひみつの日記の白いページなのよ、と言っている
おばけも。

「わたしはとくに、これが好き」

　ナンナ・ヘンナパンナは、おばけの絵を指さした。

「リスベット、てんらん会をしようとは思わないの？　きっとみんな、
あなたの絵を見たがるわ」

「てんらん会ってなあに？」

「自分のかいた絵をどこかの部屋にかざって、友だちをよんで見ても

らうことよ」

　ナンナ・ヘンナパンナが答えた。

　てんらん会のことなんて考えたこともなかった。まだ7さいだし。わたしは絵をかくことと、そして学校がはじまった時に、どうすればおばあちゃんがさびしくて落ちこんでしまわないようにできるか、そのことばかり考えていた。それにママとパパが、わたしの顔をおぼえていなかったこととか、ハーニンと友だちになりたいということも。

　それなのに、てんらん会のことを考える時間なんて、いつあるの？

「リスベット」

　おばあちゃんがキッチンのソファからよんだ。

「なあに？」

「あたしはあることを思いついたよ。おまえは絵のてんらん会をやるべきだ。みんなきっと、おまえの絵を見たがるよ」

「それはナンナのアイデアでしょ」

　おばあちゃんの自分耳が開ききっていて、ほかの人の言うことなんて聞いていない。

　その時、ソファからグウという音が聞こえてきた。それがおばあちゃんのおなかの音か、シクステンのおなかの音かはわからないけど、おばあちゃんが、もうごはんの時間だよと言った。

　2分の1クリスマスイブは、自分が知っているなかでいちばんおいしいものを食べる日だ。

「アイスラザニアだね」

「すばらしいアイデアだわ」

　おばちゃんの提案に、ナンナ・ヘンナパンナも賛成した。

「アイスラザニアってなあに？」

「おや、アイスラザニアを知らないのかい？　かわいそうなおちびさんだね。世界一おいしい食べものだよ。ラズベリーグミと同じくらいおいしいんだよ」

　おばあちゃんは大いそぎで冷凍庫のなかを探しまわって、大きなカップのアイスクリームをいくつか取り出した。ナンナ・ヘンナパンナは「ほら、ラザニアパスタをしこうね」と言いながら、オーブン皿の底に、メレンゲクッキーをしきはじめた。

　　「ちがうよ、これはメレンゲクッキーでしょ」

　　「いいえ、リスベット。これはラザニアパスタよ」

　　ナンナ・ヘンナパンナが言いはる。

　　ナンナったら、ほんとうにおかしなことを言いだすんだから。

　　「さあ、おつぎはトマトソースを入れようね」

　　おばあちゃんは、アイスクリームをメレンゲクッキーの上にもりつけた。

　　「ちがうよ、これはアイスクリームだよ」

　おばあちゃんまで、変なことを言いだすなんて。

「いやいや、これはトマトソースさ」

　おばあちゃんは目をかがやかせてにっこりすると、ウインクをした。

　その時、わたしもピンときた。ふたりはラザニアを作っているふりをして、あそんでいるんだ！

「ベシャメルソースをかけてちょうだい、リスベット」

　ナンナ・ヘンナパンナがまじめくさった声で言った。

おばあちゃんから、チョコレートソースのチューブ
を受けとると、わたしはアイスの上に、たっ
ぷりとチョコレートソースをかけた。

　ほんとうにおいしそう！

「このはじっこのほうにも、ちょっとかけて
くれる？」

　ナンナ・ヘンナパンナがそう言って、自分の口を指さしたので、
わたしはナンナの舌の先っぽに、チョコレートソースをのせてあげた。

「ここをわすれてるよ、リスベット」

　おばあちゃんも、自分の口を指さす。おばあちゃんが、あまりに
も大きく口を開けたので、キッチンごとすべてのみこんでしまいそ
うに見えた。

　わたしはおばあちゃんの口にも、チョコレートソースをしぼりだ
してあげた。そのあとはもちろん、わたしの口にもね。

「すりおろしチーズも少し、のせなくちゃ」

　ナンナ・ヘンナパンナが、アイスラザニアにホイップクリームを
たっぷりと流し入れた。

「ああ、チーズはおいしいわねえ」

　わたしたちはメレンゲクッキー、アイスクリーム、チョコレート
ソース、ホイップクリームを一段ずつ重ねていった。一番上には、
ラズベリーグミをいくつかならべて、指で押しこむ。なんてすてき！

　おばあちゃんがアイスラザニアをオーブンに入れた。

　わたしは時間があっという間にたつように、深く息をすって口ぶ
えをふこうとしたけど、その時にはもうアイスラザニアはできあが
っていた！

ナンナ・ヘンナパンナがオーブンから
アイスラザニアを取り出した。材料がおた
がいにとけあっていて、あったかいのに、
つめたい！

　おばあちゃんはさらにチョコレートソー
スをかけた。アイスラザニアはあまりきれ
いとは言えない見た目だけど、ほんとうにおい

しい。おばあちゃんとわたしは、太いストローとスプーンで食べた。
シクステンはお皿に顔をつっこんで、直接食べていた。だってネコ
だからね。

　ナンナ・ヘンナパンナもお皿に顔をつっこんで直接食べていた。
それがナンナ・ヘンナパンナなのだ。

「アイスラザニアは世界一おいしいね」

　おばあちゃんが言う。

「まったくよ！　天国の夏の食べものね」

　ナンナ・ヘンナパンナが、幸せそうにため息をつく。

　その時、わたしはあることを思いついた。

「ねえねえ、食べているあいだに、どうしておたがいのことが、と
っても好きなのかを、言い合おうよ」

　これは、2分の1クリスマスイブの伝統だ。ただし相手の顔が、
きれいだからとか、なにかがじょうずだからというのは禁止で、相
手のどんなところが好きなのかを言わなくちゃいけないことになっ
ている。

「頭のてっぺんから足のつま先まで大好きだよ、リスベット」

　おばあちゃんがそう言って、わたしを見つめる。

「頭のてっぺんから足のつま先まで大好きだよ、サンバキング」

　わたしも、おばあちゃんを見つめた。

「頭のてっぺんから足のつま先まで大好きだよ、ナンナ」

　おばあちゃんは、今度はナンナを見つめた。

　ナンナ・ヘンナパンナはミステリアスな笑顔をうかべて目を閉じ、それからおばあちゃん、シクステン、わたしを見て言った。

「大好きよ、あなたたちは、宇宙のはてしない庭園で育った、美しい野いちごだもの」

「頭のてっぺんから足のつま先まで大好きだよ、シクステン」

　シクステンもわたしたちを見て、海賊ネコ語でなにかを言った。だれにもわからなかったけど、なにかやさしい言葉を言ったことはたしかだった。

　2分の1クリスマスのサンタたちにも、アイスラザニアをあげた。わたしたちがあきるまでね。

　太陽がしずみ、はと時計のはとが何度も鳴くまでお祝いをつづけ、最後にはつかれきって、おばあちゃんのたき火のまわりでねむりこんでしまった。チラシがパチパチという音をたて、火の粉がホタルのように夜空にまいあがった。

アイスラザニアを作ってみたい？

　リスベット、ナンナ・ヘンナパンナ、サンバキングのアイスラザニアのレシピは、この本の最後にのっています。ぜひやってみてね！

世界でいちばん、たいくつな日

「もう8月だなんて、信じられない……」

　わたしは部屋のカレンダーの前に立って、どうして時はこんなにはやくすぎてしまうのか、考えこんでいた。

「きっとおまえが口ぶえをふきすぎたせいだよ。前にも言ったけど、そうすると時が飛んでいっちまうのさ！」

「わたし、口ぶえなんてふいてないよ」

「もちろんふいたとも。そうでなきゃ、どうしてもう8月になっちまったんだい？　いいかい、リスベット。それは、おまえが口ぶえをふきすぎたせいだよ」

　数週間が、ちょうちょうのように飛びさっていった。わたしとおばあちゃんはゆかいなことを、たくさんした。

　映画スターの古いブロマイドのまんなかを、おばあちゃんのさびた弓矢で射ぬいたり、テレビにあたらしい絵をかいたり、まぬけな会社ごっこをしたり。

　まぬけな会社ごっこでは、おばあちゃんが会社の社長で、なんでも命令する。わたしは、おばあちゃんの命令とは反対のことばかりや

る、おバカな社員になる。おばあちゃんがえんぴつをけずれと命令したら、わたしはえんぴつの先っぽを折るし、会議で話したことを、書いておくようにと命令されれば、わたしはそのかわりに詩を書く。

　毎日、夢中でおもしろおかしくすごしていた。

　そして、とつぜん８月がやってきた。

「サンバキング！　こんなにゆかいなことばっかりやってるわけにいかないよ。もうちょっとしっかりして、たいくつなこともしなくちゃ。楽しくすごしていると、時間があっという間にすぎちゃう」

　わたしはあせりながら言った。

「言うのはかんたんだけどね、あたしにとってはたいくつなことをするっていうのは、すごくむずかしいのさ。あたしがやることは、なんでも楽しいんだもの。どうしようもないだろ。なにかたいくつなことを思いついとくれ」

　わたしはおばあちゃんにそう言われて、ママとパパが好きそうなことを考えた。あのふたりがやっているのは、たいくつなことばかりだもんね。

　朝と夜、どちらも歯みがきをしなさいって書いた手紙をおくってきたり、美しいジャングルの絵はがきをおくってきたかと思えば『ごはんのあとには、ごちそうさまって言うのをわすれないでね』としか書かれていなかったり。

「そうだ、おそうじ。おそうじって、とってもたいくつだよね」

　そこでふたりで、おそうじをはじめた。家でそうじをするのは、おもにシクステンで、なんでもなめてきれいにしてくれる。それに昔からの習慣で、ゆかにモップまでかけてくれる。シクステンは船乗りネコだったころ、ずっと甲板にモップをかけていたから慣れているんだ

って。

　でもおばあちゃんとわたしは、おそうじなんて、ものすごくたいくつだと思っていた。

　だから、時間がなかなかすぎないようにするためには、おそうじは完ぺきな計画だ。

　わたしたちが古いバケツに水をくむと、シクステンが走ってきて手伝いたがった。水がパシャパシャはねる音を聞きつけたみたい。

　「だめだめだめ、シクステン。おまえは参加できないよ。おまえはゆかのモップがけが好きだろう。好きなことをすると時間があっという間にすぎちまう。なにかおまえにとってたいくつなことをやりな」

　おばあちゃんが言って聞かせると、シクステンはしっぽの先をあたりに打ちつけて、すねた顔をした。それからはと時計の前にある食器棚に飛びあがった。

　はと時計にはいつもいったりきたりしている、小さなふりこがついている。時計のはりが進むように。

　チックタックチックタックチックタック。

　シクステンはふりこのまねをして、頭を前、うしろ、前、うしろにいったりきたりさせている。まるで時計になったみたい。とってもたいくつそう。

　「うまいね、シクステン」

　わたしたちは、洗ざいが見つけられなかったので、バケツにアガサ・フォックスがわすれていった香水を少したらした。

　「つまらないねえ」

　おばあちゃんが言う。

「つまらないね」

わたしも言った。

わたしはモップを持ってきて、バケツのなかにつけた。なんてつまらない作業なんだろう！

モップがけをはじめる時、わたしは、たいくつなことってほんとうにたいくつだねっておばあちゃんに言った。

どうしてそんなことも、わすれていたのかな。

「だからこそあたしたちは、いつもゆかいなことをしているんだよ。たいくつするって、ものすごくたいくつだからね」

「もうじゅうぶん。これ以上はがまんできない」

わたしがたいくつな顔をして言うと、おばあちゃんが、トチノキに登ってフクロウが来ないように、ホーホー鳴きまねをしようって言ってきた。

「最後にトチノキの上で鳴いたのは、もうずいぶん前のことだからね」

「ミーミ、ミーミ、ミーミ」

わたしたちが外に行こうとした時、シクステンが鳴いた。あいかわらず頭を時計のふりこみたいに、ふっている。シクステンが文句を言っていることだけはわかった。

「もうたいくつするのを、やめていいよ。シクステン」

たいくつするって、ほんとうにたいくつだもんね。

するとシクステンは食器棚から飛びおり、わたしたちがゆかにのこしたモップを前足でおさえた。そしてモップの柄をくわえると、ゆかをみがきはじめた。

おばあちゃんとわたしは庭へ走っていき、トチノキの上でホーホーと鳴きながら、木の上のブランコをこいだ。

　あまりにも高くこいだので、世界がすごいはやさで飛んでいくみたいだった。

　ふたりで大はしゃぎした。なんて楽しいんだろう！

「このあとは、なにをしたい？」

　おばあちゃんがさけんだ。この木の上では、ふつうに話すよりも、さけんだほうが楽しいもんね。

　自分がなにをやりたいかは、もうわかっていた。じつは最近、ずっと考えていたことがあった。

　それは、ナンナ・ヘンナパンナが言いだしたこと。

「わたし、てんらん会をしたい！」

　グイッとブランコを強くこぐ。

「ちょうどよく特別なてんらん会にするの。わたしみたいに！」

　ちょうどよくと言った時に、おばあちゃんがなにかを言いかけた。

　でもそれが聞こえてくる前に、わたしはもうブランコからおりていた。わたしだって、自分で決めていいんだ。ときどきはね。

ギャラリー・銀の魚

　何週間ものあいだ、絵をかきつづけたせいで、手がいたくなってしまった。昼間はずっと絵をかいていて、ときどきは夜になってもかいていた。わたしは考えごとをすると、舌の先っぽをかむくせがあって、あまりにも何度もかんだので、ちょっとひりひりしている。

　でも、ぜんぜん気にならない。わたしにとって絵をかくことは、夢を見るようなものだから。起きている時の夢だけどね。絵をかいていると、幸せでたまらない！

　わたしは絵をどんどんかいて、つくえに重ねていき、高い山ができた。あとから動物、くだもの、人、食べものというように、絵を種類ごとに分けた。そしてそれぞれのマークをつくえの引き出しにつけて、しまっていった。

　ハーニンの絵には、ピスタチオの菓子パンを食べるユニコーンを何頭もかきくわえた。わたしはハーニンが、ユニコーンを好きだといいなとねがっていた。馬が好きな子だったら、きっとユニコーンも好きだよね。

絵をかいていない時には、おばあちゃんとゆかいなことをした。川で泳ぎ、まぬけな会社ごっこをし、トランプであそび、ゾンビにさらわれたふりをし、おとなりさんをちょっとからかうために、それぞれシーツをかぶって自転車で近所の道を走った。そのあとは、また少し絵をかいた。

　あとはてんらん会をどこでやるかを決めるだけだった。てんらん会をするには、ギャラリーが必要だ。

　ギャラリーというのはかべに絵をならべた大きな白い部屋で、お客さんはそこで1まいずつ絵を見ていく。本で見たことがあった。でもそんな部屋は、家にはない。

　おばあちゃんは、テープでトイレのなかにはったらいいと言った。トイレはおふろ場といっしょになっているので、けっこう広い。

「よりによってなんでトイレなの？」

　わたしは気になった。

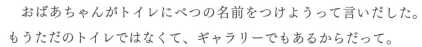

「人の好みはおしりのようなものだからね」

「え？　どういう意味？」

「右や左に分かれてるってことさ」

　おばあちゃんがトイレにべつの名前をつけようって言いだした。もうただのトイレではなくて、ギャラリーでもあるからだって。

「おばあちゃんはなんていう名前がいいと思う？」

「ギャラリー・おべんじょはどうだい？　でなきゃギャラリー・ウンチッチは？」

　そんなひどい名前はいやだったので、おふろにかざっているバッジからとって、ギャラリー・銀の魚にしようと提案した。おばあちゃんも、すごくいいねと言ってくれた。

てんらん会というのもつまらないよびかたなので、お絵かきパーティーとよぶことにした。

ギャラリー・銀の魚に、これまでかいた絵をテープでとめてみると、なんだかあたらしいかべがみをはったように見える。たくさんの絵のかべがみだ。

銀の魚のバッジもそこにかけてあるので、ここに来た人は、ギャラリー・銀の魚の名前はそこからとったとわかるはずだ。

わたしはこっそり、ハーニンを招待した。きっとおばあちゃんはいやがると思って、言わなかった。

おばあちゃんはだれよりも自分が好きで、そのつぎがわたし。そのつぎがラズベリーグミで、そのつぎはたぶんアガサ・フォックスとナンナ・ヘンナパンナとシクステンだ。

でもハーニンはおばあちゃんの好きな人リストにはのっていないから、わたしはこっそり招待状を送った。

『ハーニンへ

お絵かきパーティーに来ませんか？　たくさん絵をかいたので、あなたに１まいプレゼントしますね。いっしょにジュースをのんで、お絵かきをしましょう。　リスベット』

わたしはハーニンとユニコーンとピスタチオの菓子パンをかいた、ひみつのお気にいりの絵を取り出して、そこにジュースをのんでいるスズメをかきたした。その絵を手紙のなかに入れた。

この手紙をおくるのは、ちょっとはずかしい気もしたんだけど、ど
うしてもハーニンに、お絵かきパーティーに来てほしかった。
　ふうとうをしっかり閉じると、ハーニンの名前とクラスの名ぼにの
っている住所をおもてに書いた。来てはくれないかもしれないけ
ど……。
　ハーニンはカフェの外で、毎週たくさんの友だちと会っているに決
まっている。もしかしたら、もうすでにクラス全員と知り合いになっ
ているかもしれない。ハーニンには、よく知らない子のお絵かきパー
ティーに来る時間なんか、きっとないよね。それでもやっぱり、招待
状と絵はおくった。

　お絵かきパーティーの日が近づいてきた。おばあちゃんはわたしに、
みんなに電話をして、招待するように言いつけた。『みんな』とはア
ガサ・フォックス、ナンナ・ヘンナパンナ、ホルムベリー先生だ。つ
まりほとんどおばあちゃんの友だちということ。
　わたしにはまだ、自分の友だちがいないからね。ママとパパはどち
らにしても来られないので、よぼうとは思わなかった。あのふたりは、
わたしとおばあちゃんに会いに来たことなんか一度もないんだから。
それがなんだっていうの？　わたしの家族はおばあちゃんだけだもん。
でも、少し悲しくなった。
　アガサ・フォックスに電話をしようとキッチンに入っていった時、
おばあちゃんは庭にいて、細いライフル銃で射撃をしていた。
「アガサ・フォックスにいちばん先に電話をしなよ。あの人がいちば
ん大切だからね」
　そうおばあちゃんは言っていた。

でも受話器を持ちあげて、電話をかけようとした時、とつぜん手がとまってしまった。アガサ・フォックスはいちばん大切な人じゃない。少なくともわたしにとっては。

　その時、あることを思いついた。

　受話器を置いておばあちゃんのところに行き、みんなをお絵かきパーティーに招待したよと言った。

「よくやったね」

　おばあちゃんがほめてくれた。

「うん」

　わたしは目をそらして返事をした。

　ほんとうはだれも招待なんかしていない。おばあちゃんがいつもよろこんでやっていることをやっただけ。

　わたしはうそをついたんだ。

　夕方になり、おばあちゃんがはあはあと息をきらしながらギャラリー・銀の魚にやってきた。わたしは、絵をとめたテープにも、小さな絵をかきこんだ。これで、もっとすてきになるよね。

「ずっと外にいたの？」

　呼吸をととのえたおばあちゃんに聞いた。

「ああ、そうさ」

　おばあちゃんはそう答えて、つづけて聞いてきた。

「だれかが電話をかけてきたかい？　だれかアのつく人とかさ。たとえば……アガサとか？」

「ううん。だれもかけてこなかったよ。とくに、アガサ・フォックスはね」

　おばあちゃんは悲しそうな顔になり、こけも
もジャムのびんを持ってきた。そしてびんをか
かえてトイレにこしかけると、ストローでずず
っとすすりはじめた。

「それはなんだい？」

　タオルかけの上にはった絵を指さした。

「おばあちゃんとわたし、シクステン、ナンナ、アガサ。みんなで
気球に乗って、飛んでいるの。それからわたしたちのそばを、フク
ロウが飛びまわっているの」

「アガサの上には×をかきな」

　わたしはアガサ・フォックスのことが好きだから、そんなことは
したくなかった。

「小さな×でいいからさ。ほら、おやり。今すぐにだよ！」

　これじゃあ、アガサが死んじゃったみたい！　アガサ・フォックス
の頭のところに、×をかさねて、コーンフレークの箱をかいた。これ
でおばあちゃんは、アガサ・フォックスの顔を見ないですむ。でもわ
たしはちゃんと、それがアガサ・フォックスだってわかっている。

　その夜、なかなかねむれなかった。この数週間、夜もおそくまで
起きて絵をかいていたので、ほんとうはものすごくつかれていたは
ずなのに。

お絵かきパーティーのことと、おばあちゃんにうそをついたことが気になっていた。

　でもなかなかねむれなかったのは、ほんとうはそのせいじゃない。学校のことが頭のなかでぐるぐるとうずまいていた。でもそれをおばあちゃんに打ち明けることはできない。おばあちゃんが悲しむから。

　わたしにとっては、学校がはじまるのが楽しみなのと、ざんねんなのが半々だった。

　ハーニンに会ったり、あたらしいことを勉強したりすることは楽しみだ。でももう自分の好きなように絵がかけなくなることは、ざんねんでたまらない。

　そしてたぶん、わたしがまったくべつの人になってしまうことも。

　おばあちゃんのことも考えた。わたしが学校に行っているあいだ、おばあちゃんは一日じゅうなにをしてすごすんだろう？

　最後にはねむってしまい、かなり長いあいだねていたらしい。目がさめた時にはおばあちゃんがベッドの横に立って、わたしの顔をのぞきこんでいた。

　そしてわたしにむかって大声で言った。

「さあ、お絵かきパーティーがはじまるよ！」

「え？」

「もう４時だよ。お絵かきパーティーの時間だろ？」

　ほんとうにもうすぐ４時だった。夕方のだ。みんなが来るはずの時間だ。

　どうしよう！　わたしはまだおばあちゃんになんて言ったらいいか、考えていなかった。なにかしら思いつかなくちゃ。なにか、いい言いわけを。

おばあちゃんはキッチンにおりていった。お客さんが来る時には、げんかんの近くにいなくちゃね、と言いながら。

　わたしは大いそぎでショートパンツとTシャツに着がえて、おばあちゃんのあとを追いかけた。

　わたしがキッチンマットの上に足をつけた瞬間、はと時計が鳴いた。

クックー、クックー、クックー、クックー

　時間がたつ。

　どんどん。

　どんどん。

　おばあちゃんはラズベリーグミを食べていた。すっかりきんちょうした顔でシクステンをひざにだき、背中をなでながら聞いてきた。

「もうすぐみんな、来ると思うかい？」

「うん、きっと」

　わたしはまたうそをついた。

　もちろん来る人なんていない。

　はと時計がいつもどおり楽しそうに、5時をつげた。

「わたしが電話した時、雑音がすごかったのかも。そうでなかったら、わたしののこした留守番電話を、まだ聞いてないのかもしれないね」

「そうだね」

　おばあちゃんが言った。

「わたしたちふたりで、絵を見てまわらない？　お絵かきパーティーの日にお絵かきパーティーをしないのは、ざんねんでしょ？」

　それにはおばあちゃんも賛成してくれた。シクステンがゆかに飛びおり、ついてきた。

　わたしはゆっくりと、トイレのドアを開けた。ギャラリー・銀の魚

というかんばんを作って、ドアノブの上にはってある。シクステンがトイレに飛びこんだ。

「わくわくするね。なんだか2分の1クリスマスみたい！」

わたしが言うと、シクステンがミャアと鳴いて返事をした。

トイレじゅうに、絵がかざってある。わたしは壁にはったんだけど、わたしがねているあいだにおばあちゃんが、天井にもはっておいてくれた。

便座のふたの上に、マンガがつみ重ねられている。それはとても古い『空飛ぶ子犬たち』のバックナンバーだった。

わたしが生まれる前に売られていたもので、きっとなかなか手に入らないはず。

そこに1まいのメモが置いてあって、こう書いてあった。

『おちびさんへ。お絵かきパー

ティーおめでとう！』

　おばあちゃんからわたしへの、プレゼントだった！

「おばあちゃん！　ありがとう。世界一やさしいね」

　わたしは、マンガをギュッとだきしめた。

　おばあちゃんもうれしそうだった。世界一やさしいという言葉が気にいったみたい。

　わたしたちは絵を見てまわった。シクステンは、下のほうにある絵だけを見ていた。あんまり背が大きくないからね。

　おばあちゃんとわたしはおふろマットに横になって、いっしょに天井をながめた。どこもかしこも絵でいっぱい。

　スポンジケーキの雲からふるメレンゲ、大ぜいで会議をしているサルたち、くすくす笑いながら木にのぼっているクッキー、そして気球にのっているわたしたち。

　シクステンはラズベリーグミのようなピンク色のアルプスに、雪のかわりに砂糖つぶがつもっている絵の前にすわって、ニャアと鳴いた。アルプスのてっぺんには、海賊のはたが立っていて、風にはためいている。

「シクステンはこの絵がちょっと気に入ったのかな？」

　わたしたちはあいかわらず海賊ネコ語ができないから、シクステンがなんて言っているのかはわからない。

「いいや、この絵がものすごく大好きなんだと思うよ」

　おばあちゃんがそう言った時、わたしはあんまりにも幸せで、体じゅうがピンク色のしゃぼんだまにつつまれたような気がした。

　わたしはおばあちゃんのそばにいき、その肩に頭をのせた。おばあちゃんはわたしの頭に手を回し、そっとだきよせて言った。

170

「だれも来なかったのはざんねんだねえ」

　でもわたしはそうは思わなかった。だれより好きな人といっしょにいられたから。おばあちゃんといっしょにいられたから。

　ちょうどその時電話が鳴り、わたしをつつんでいた、ピンク色のしゃぼんだまがパチンとはじけた。

「きっとアガサだね」

　おばあちゃんは、うれしそうに走っていって、電話に出た。

　でも電話の相手はアガサじゃなくて、わたしの学校のマイリス先生だった。受話器から、わたしにも先生の声が聞こえた。先生は、この一週間わたしがいったいどこにいて、どうして学校に来なかったのかを聞いてきた。

「学校に行くのは、つぎの週だろう？　8月31日のはずだ」と、おばあちゃんが言った。

「いいえ、おまちがえですよ。学校は8月21日からです」

　わたしは、マイリス先生からの絵はがきのところに走っていった。絵はがきを持ちあげてよく見てみると、3という数字の下のほうに、まつ毛が一本ついていて、それがゆかにぱらりと落ちた。そこにのこっていたのは2の数字。

　絵はがきに書いてあったのは、8月21日だった。

「ワオ」

　わたしは言った。

「ワオ」

おばあちゃんもつづけて言った。

そのあとは、ふたりともなんて言ったらいいかわからなかった。

まつ毛が落ちた時にはなにか、ねがいごとをするものだ。

だからわたしは目をつぶり、学校が楽しくはじまるといいなと、ねがった。

わたしが、わたしのままでいられたらいいなと、ねがった。

これからも夢を見ていられて、頭のなかで思いついた世界をたくさん絵にかけるといいなと、ねがった！　そしてハーニンと友だちになれるといいなとねがった。そのあとはなにをねがったらいいか、思いつかなかった。

おばあちゃんが、わたしにはもう時間がないよって言った。

今夜は最後の夏の、最後の夜。

明日になれば学校がはじまるんだから。

その時、ドアのベルが鳴った。

変そうした街灯

「あたしのお客さんだ！　アガサだよ。やっとアガサが来たんだ！」

　おばあちゃんがうれしそうに大声で言った。

　わたしのほうが先にげんかんに着き、ドアを開けた。

　そこにはハーニンが立っていた。キャップをかぶり、ニカッと口を横にひらいて笑っていた。ハーニンがそうやって笑うと、前歯がぬけて、大人の歯が生えかかっているのが見える。

　むこうのライラックのしげみのそばには、かごのついた黒い自転車がとめてある。きっとハーニンの自転車だ。

「こんにちは」

　ハーニンは、キャップを直した。

「こんにちは」

　わたしは、そのあとなんて言ったらいいかわからなかった。ハーニンを見た時、なんだか体じゅうが、やわらかくて上に砂糖つぶがのった、くるくるうずまきのピスタチオの菓子パンになったような気がした。

　ハーニンが来てくれた！

「お絵かきパーティーはまだつづいてる？　できるだけいそいできたの。パパに先に夕ごはんを食べなくちゃだめって言われちゃって。食べるのにすごく時間がかかったの。でも、やっと着いたよ」

　ほんとうにハーニンが、ここにいるんだ！

　聞きたいことがたくさんあった。ジュースのむ？　いっしょにお絵かきする？　絵をぜんぶ見たい？　わたしのおばあちゃんには会ったことある？　この子はシクステン。『空飛ぶ子犬たち』は読んだことある？　アイスラザニアは好き？　わたしたち、友だちになれる？　いちばん好きな食べものはなに？　口ぶえをふくと、時間がはやくすぎるって知ってる？

　でもわたしの口から出てきたのはこれだけだった。

「うん、お絵かきパーティーはまだつづいてるよ！」

「入ってもいい？」

　もちろん！

　キッチンではおばあちゃんが、はげしく人さし指をふりながら、シクステンに話しかけていた。

「あれはアガサじゃないよ。ただあんたに言っておこうと思ってね。あんたがざんねんがっているのは、よくわかるよ。でもべつの人だよ。リスベットの知っている子さ」

「こんにちは。あたしはハーニンといいます」

　ハーニンがおばあちゃんに自己しょうかいをすると、おばあちゃんがハーニンをジロッと見た。

「あたしはあんたがだれか、知っているよ。その名前は聞いたことがある。前に会った時は、カフェの前の街灯に変そうしていたね。ず

いぶんうまく変そうしていたもんだ。あんたの顔がわからなかったからね。ところでグンナルはどうしたんだい？」

　ハーニンはきょとんとしておばあちゃんを見て、肩をすくめた。

「そうか、それは知らないんだね」

　それからちょっとのあいだだまりこんで、おばあちゃんはシクステンをやさしくたたくと、なにかを考えこんでいた。

「あたしの名前はサンバキングさ。この子はシクステン」

「とてもかわいいネコ」

　ハーニンがシクステンを見て言った。

「ああ、とってもかわいいネコさ。それにふつうのネコじゃない。この子は特別なんだ。わかるかい。この子は海賊ネコなんだよ」

「そんなネコいるの？」

「いるんだよ、ほんとに。そうでなきゃ、あたしはなにをひざにのせているんだろうね」

　おばあちゃんが答えると、ハーニンが笑った。

「ハーニンと、絵を見てくるね」

「ああ、そうしなさい」

　おばあちゃんは、ラズベリーグミを口におしこんだ。

　わたしはドキドキしながらギャラリー・銀の魚のドアを開けた。

「わあ！」

　ハーニンは、ギャラリーのなかに走りこんでいった。そして、

「これぜんぶリスベットがかいたの？」と、聞いた。

「そう」

　ちょっとはずかしかったけど、うなずいた。

「どうしてギャラリー・銀の魚なの？」

　わたしは虫メガネで、水泳のバッジを見せて説明した。ハーニンは、すごくかっこいいねと言ってくれた。

　泳げることも、バッジをもらったことも、ぜんぶだって。

　ハーニンがたくさんほめてくれたので、わたしはうれしくて自然と笑顔になっていた。でもなにも言えなかった。

　なんて言ったらいいか、わからなかった。わたしのところにだれかがあそびにきてくれたのは、生まれてはじめてだったから。

　わたしとハーニンはバスマットの上にねころがって、天井を見つめた。

「ねえ、どうして学校に来ていないの？」

「わたしたち、はじまる日をまちがえちゃって」

　わたしはハーニンに、2にまつ毛がついていたことを話した。

「あたし、となりの席をリスベットのために空けてあるの。いっしょにすわろうよ。まだそんなにたいしたことはしていないよ。おたがいになんていう名前か言ったり、お絵かきの授業くらいしかしていないから」

「もう絵をかいているの？」

「うん、たくさんね。みんなが字をかけるわけじゃないから、そのかわりに絵をかいているの」

「ブロッコリーをかいているの？　あとミヤコドリも？」

「ううん、ほとんど自分の顔やどこでなにをしたかをかいたり、好きなものをかいたりしているの」

「ミヤコドリはかいてないの？」

　わたしはいきおいづいて聞いた。

「どんなものか知らないもの。それって鳥？」

「うん、一種のね」

　ミヤコドリの話ばかりしていたくなかったから、それだけしか言わなかった。

　わたしたちはじっとねころがって、天井にはった絵を見ていた。

「ねえリスベット。リスベットってほんとうにおもしろい絵をかくね。招待状にかいてくれた、マフィンを食べながら歩いているふりこがいたでしょ？」

「うん」

「あたしあの子にチックタックっていう名前をつけたんだよ。時計のふりこだから。あの子とってもみじかくてちっちゃいよね。あたし、ママの虫メガネで見たの」

「いい名前だね。じゃあ、あの子にはなんてつける？」

　わたしはぼうしをかぶったオウムを指さした。

「ボッピー」

「名前をつけるのじょうずだね」

「リスベットは絵をかくのがじょうずだね」

「わたしたち、いっしょにマンガを作らない？　ハーニンが字をかいて、わたしが絵をかくの。でなかったら、ふたりとも絵をかくの。どう？」

　わたしの提案にハーニンはよろこんでくれた。

「いいね！　マンガ、いっしょに作りたい！　学校の休み時間にやろうよ」

　大賛成！　わたしはハーニンに『空飛ぶ子犬たち』を見せた。

「こんな感じだね」

わたしが言うと、

「うん、こんな感じ」

　ハーニンもとってもすてきなマンガだと思ったみたい。

　そこでハーニンが、言いかけた。

「リスベットのおばあちゃんて……」

「うん」と、わたしがハーニンのほうを見ると

「ほんとうに王さまなの？」と、聞いてきた。

「たぶんね。少なくとも、この家ではまちがいなく王さまだよ」

　わたしはハーニンが、なにかいじわるなことを言うんじゃないかとこわくなった。それか、おばあちゃんはなんの王さまなの？　って聞いてくるかもしれない。

「かっこいいね。あたし、王さまに会ったのって生まれてはじめて」

　とてもすてきな気分だった。わたしたちはねころがって、しずかに天井の絵を見ていた。

クックー、クックー、クックー、クックー、クックー、クックー、クックー、クックー

「これ、なんの音？」

「はと時計だよ。8回鳴いたから、今、8時になったの」

「たいへん、もう帰らなくちゃ。ほんとうは7時には家に着いていなくちゃいけなかったの」

「そうだ、あたしひとつわすれていたことがあったんだ」

　げんかんでハーニンがうわぎのポケットに手をつっこむと、カサカサ音がした。ハーニンは、おりたたんだ1まいの紙を取り出すと、ゆっくりと開いた。

　それは……わたしが招待状といっしょに送った、絵だった！

「あたし、友だちをかきたしたんだ」

　その絵をわたしのほうにさし出した。

　わたしはドキドキしながらそれを受けとった。絵にはこれまで見たことない、ひとりの女の子が、ハーニンのそばにかきたしてある。女の子は黒いかみの毛で、ふわふわのスウェットを着ていた。手にはピスタチオの菓子パンを持って、口にはこぼうとしていた。

　女の子はうれしそうで……ちょっと待って！　このヒョウがらのくつは……ええと……わたし！

「自分をかくのをわすれていたよ。おばかさん！」

　ハーニンがふふっと笑い、口のなかが見えた。前歯がぬけている。

　わたしはハーニンとその絵をかわるがわるに見て、自分がまた、やわらかくて砂糖つぶがいっぱいついた、ピスタチオの菓子パンになったような気がした。

　なにも言わずに口をパクパクしていたわたしは、ずいぶんおかしく見えたと思う。まるでおぼれそうなキンギョみたいに。

　ハーニンが笑った。

「また明日ね、リスベット」

「うん、明日ね！」

　わたしは、自転車でじゃり道を走っていくハーニンを見おくった。じゃりが音をたて、小石が土手にはじけている。

　手には、わたしとわたしの友だちがかいてある絵がのこっていた。

夏の最後の数時間。

　こん色の空に、星が光っている。その時わたしは、今夜がいつもとはちがう、最後の夏の、最後の夜なんだってことを思い出した。明日からは学校がはじまる。

　わたしはおばあちゃんによびかけた。

「おばあちゃん、どこにいるの？」

「ここだよ」

　おばあちゃんは、なんだかつかれた声で答えた。

　わたしは声をたよりにテントにむかって歩いていって、入口の布を持ちあげた。

「そこにいたんだね！」

　おばあちゃんは、のろのろと起きあがった。

「ああ、あたしはここさ」

　おばあちゃんは悲しそうな顔をしていた。

　背中を丸めていて、ずっとマットレスを見ている。わたしと目を合わせたくないみたい。

　なんて声をかけたらいいのかわからなかった。

　招待の電話のことでうそをついたし、ハーニンのことも伝えなかったから。

「電話の雑音がそんなにひどい時があるなんて、おかしいよね」

　おばあちゃんの言うとおりだ。

「そうだね」

　おばあちゃんと目を合わせたくなかった。わたしはなんだか……はずかしくてたまらなかった。

「おばあちゃん……わたし、ちょっとうそをついちゃったかも……。みんなを招待する電話のことで」

「そういうこともあるよね」

　おばあちゃんはそう言いながら、マットレスをつついた。

「ごめんなさい。わたし、今日は最後だから、おばあちゃんとふたりだけですごしたかったの……でもハーニンにも絵を見せたくて」

　おばあちゃんが肩をすくめた。

「今日はおそくまで起きていて、ゆかいなほら話をしない？　これから学校がはじまったら、もうそんなに時間がなくなっちゃうと思うし」

　わたしは言った。

「あたしは、あんたがハーニンのことで頭がいっぱいなんだと思っていたよ」

「ちがうよ、今はおばあちゃんのことで頭がいっぱいだよ」

「あんたはあたしに、うんざりしているのかと思ったよ」

　おばあちゃんが、ため息まじりに言った。

「そんなこと、あるわけないよ。わたしが宇宙一大好きな人に、うんざりするわけないもの」

　その時、おばあちゃんに笑顔が広がった。お日さまマークのように、口のはしがあがり、ほっぺたはピンク色の雲みたいになった。瞳がキラッとかがやいた。

おばあちゃんはいきおいよくマットレスから立ち上がると、わたし
をだきあげた。
「ゆかいなほら話をするなんて、すてきなアイデアだね！　ほんとう
にいい思いつきだ」
　その時おばあちゃんが目をぬぐったような気がしたけど、見まちが
えたのかも。わたしはポストに走っていって、たき火につかうチラシ
をたっぷり持ってきた。テントの前で、ふたりで肩をよせ合って、パ
チパチと燃える火のそばにすわった。シクステンがわたしのひざに飛
びのる。

　　　　　おばあちゃんが、わたしの最後の夏の、最後の夜
　　　　を特別にしようって言った。そしてお気に入りの
　　　　　くつしたを火になげいれた。
　　　　「さあ、特別にすてきな汗と冒険のにおいが
　　　　するよ」
　　　　わたしたちは話しはじめた。わたしがその時
　　　話したのは、ふつうの話なんかじゃなくて、ほんもの
のほら話だった。
　登場人物はリスベットという子どもと、ひみつのスパイをしてい
たサンバキングという名前のおばあちゃん。
　ふたりは海賊ネコ語を話す、シクステンという名前の海賊ネコと
くらしている。
　ある日ふたりは自転車レースをすることにした。
　ちょうどその日は国際自転車レースデーで、世界じゅうどこでも
お休みだ。
　そしてみんな、自転車レースをしなければならない日なのだ。

おばあちゃんは、これまで聞いたことがないような、世界一ゆか（せかいいち）いなほら話だねって言った。

　そのあとちょっと考えて、いやリスベット、これは宇宙一ゆかい（うちゅういち）なほら話だねって言いなおした。

Glassagne

アイスラザニアのレシピ

材料

- 生クリーム…1リットル
- メレンゲクッキー…ふくろ半分くらい
  （オーブン皿に合わせて、10〜15こくらい）
- きみのいちばん好きなカップアイスをいくつか
- きみの2番目に好きなカップアイスをいくつか
- チョコレートソース
- ラズベリーグミを2〜3つかみ

使う道具
オーブン皿ひとつ、スプーン1本、
オーブンを使うのを手伝ってくれる
ひみつのスパイか、ふつうの大人ひとり

作りかた

1　オーブンを250℃にセットして予熱する。

2　生クリームをふわふわでなめらかになるまで、泡だてる。

3　オーブン皿を目の前に置く。

4　オーブン皿の底にメレンゲクッキーをしきつめる。

5　2種類のアイスをどちらも冷凍庫から出す。メレンゲク
　　ッキーの上にきみのいちばん好きなアイスをしきつめる。

6　チョコレートソースと生クリームをそそぎいれ、
　　スプーンでたいらにならす。

7　メレンゲクッキーをくだいて、うすい層になる
　　まで生クリームの上にふりいれる。

8　メレンゲクッキーの上に、きみの2番目に好きなアイスをしきつめる。

9　ふたたびチョコレートソースと生クリームをそそぎいれ、スプーン
　　でたいらにならす。

10　アイスラザニアのいちばん上にはメレンゲクッキーとラズベリーグ
　　ミを好きなだけならべる。ラズベリーグミをちょっと指でおしこむ。

11　アイスラザニアをオーブンに入れ、30〜60秒焼く。

12　一番上のメレンゲクッキーがおいしそうなうすい茶色になったらオ
　　ーブンからとりだす。あっという間だから、見のがさないでね。そ
　　れでも待っているあいだたいくつだったら、時間がはやくたつよう
　　に口ぶえをふいてね。
　　　　　　ピューピューピューピューピーピューピイィーピューピーピューピューピュー！

13　アイスラザニアの上に、さらにチョコレートソースをかけて、ラズ
　　ベリーグミをのせる。

14　海賊ネコと友だちをよぼう！　アイスラザニアができたのを、お祝
　　いするよ！

作家紹介

作者：エンマ・カーリンスドッテル

スウェーデン出身。書籍や音楽業界でのプロジェクト・マネージャーやコンサートのオーガナイザーを経て、本作がデビュー作となる。コミカルでエネルギーあふれる作風から、現代のアストリッド・リンドグレーンと言われている。著書に『The Isle of a Thousand Stars』などがある。

訳者：中村冬美

スウェーデン語翻訳家。幼稚園教諭を経て、東海大学北欧文学科でスウェーデン語を学び、卒業後スウェーデン南部のベクシェー大学に留学する。『わたしを置いていかないで』（金の星社）で訳者としてデビュー。訳書に『おうしのアダムがおこりだすと』『こうしはそりにのって』（金の星社）、『ばらの名前を持つ子犬』（筑摩書房）、デンマーク語の絵本「よるくまシュッカ」シリーズ（百万年書房）などがある。

絵：ハンナ・グスタヴソン

スウェーデン出身。イラストレーター、漫画家、作家。大学でグラフィックデザインとイラストレーションを学ぶ。2013年に『Night Child』で作家デビューし、同作で2014年にウルフンデン賞受賞。コミック『Iggy 4-ever』は2015年のオーガスト賞、2016年の北欧評議会児童・青少年文学賞にノミネートされた。

おばあちゃんがヤバすぎる！

2024年5月8日　初版発行

作　者　　エンマ・カーリンスドッテル
訳　者　　中村冬美
　絵　　　ハンナ・グスタヴソン

発行者　　吉川廣通
発行所　　株式会社静山社
　　　　　〒102-0073　東京都千代田区九段北1-15-15
　　　　　電話 03-5210-7221
　　　　　https://www.sayzansha.com

翻訳協力　株式会社メデイア・エッグ
装　丁　　APRON（植草可純、前田歩来）
組　版　　アジュール
印刷・製本　中央精版印刷株式会社
編　集　　木内早季

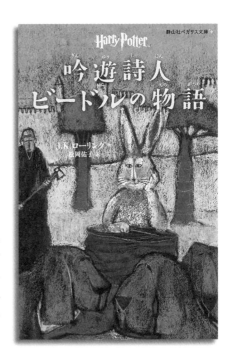

静山社ペガサス文庫✦

ハリー・ポッターシリーズ
吟遊詩人
ビードルの物語

J.K. ローリング 作／松岡佑子 訳

魔法界で育った子ならだれもが知っ
ている童話集が人間界に届きまし
た。第7巻で重要な鍵を握るあのお
話のほか、全部で5つの物語が楽し
めます。それぞれのお話に寄せられ
たダンブルドア先生のメモもお楽し
みに！

静山社ペガサス文庫✦

ハリー・ポッターシリーズ
ハリー・ポッター裏話

J.K. ローリング＋L.フレイザー 作
松岡佑子 訳

累計6億部の大ベストセラーを書
いたJ.K.ローリングって、いったい
どんなひと？　小さいころはどんな
子供だったの？　みんなが知りたい
物語の誕生秘話を、作者へのインタ
ビューでときあかします！

静山社ペガサス文庫✦

ハリー・ポッターシリーズ
ハリー・ポッターと
賢者の石

J.K. ローリング 作／松岡佑子 訳

意地悪な親せきの家の物置部屋
に住む、やせた男の子、ハリー・ポッ
ター。11歳の誕生日の夜、見知らぬ
大男がハリーを迎えにきて──「ハ
リー、おまえは魔法使いだ」。世界が
夢中になった冒険物語。シリーズ全
20冊。

静山社ペガサス文庫✦

ハリー・ポッターシリーズ
クィディッチ今昔

J.K. ローリング 作／松岡佑子 訳

ハリー・ポッターの物語に登場する
人気競技がこの1冊でまるわかり！
「反則リストが公開されていないの
はナゼ？」「日本にも強豪チームが存
在している!?」ハリーも夢中で読ん
だ、ホグワーツ校指定教科書。